KB159207

운영전

운영전

서해문집 청소년 고전문학 008

초판 1쇄 발행 2024년 4월 11일

옮긴이 채윤미
해 설 송동철
그린이 예란
펴낸이 이영선
책임편집 이현정

편집 이일규 김선정 김문정 김종훈 이민재 이현정
디자인 김회량 위수연
독자본부 김일신 손미경 정혜영 김연수 김민수 박정래 김인환

펴낸곳 서해문집 | 출판등록 1989년 3월 16일(제406-2005-000047호)
주소 경기도 파주시 광인사길 217(파주출판도시)
전화 (031)955-7470 | 팩스 (031)955-7469
홈페이지 www.booksea.co.kr | 이메일 shmj21@hanmail.net

ISBN 979-11-92988-52-8 43810

서해문집
청 소 년
고전문학
008

운영전

채윤미 옮김
송동철 해설
예란 그림

서해문집

머리말

《운영전》은 궁녀 운영과 김 진사의 슬픈 사랑 이야기입니다. 조선 시대 궁녀는 왕에게 종속된 신분이었습니다. 왕의 허락이 없으면 궁 밖으로 외출할 수 없었고, 왕 이외의 남성과 사랑을 나누면 처형하도록 법으로 규정되어 있었습니다. 따라서 궁녀들은 평생 갇혀 지내면서 사랑 한 번 해 보지 못하고 쓸쓸히 살아가는 경우가 많았습니다. 이러한 신세를 유독 답답하게 여기던 운영이었기에 김 진사와의 사랑에 속수무책으로 빠져들고 끝내 불행한 결말을 맞이하지요.

그런데 이 작품은 비극적인 현실에 처한 궁녀를 살아 숨 쉬는 인물로 그려 냅니다. 궁녀는 하층 계급이고 또 여성이라는 점에서 신분과 성별의 제약이 있지만,《운영전》에 등장하는 운영과 아홉 궁녀는 당대의 지배층 남성이 누리는 최고 수준의 교육을 받습니다. 그래서 문학을 이해하는 능력이 뛰어나고, 정확한 상황 판단과

논리적인 의견을 바탕으로 저마다의 목소리를 또렷하게 들려줍니다. 소옥, 부용, 비경, 비취, 옥녀, 금련, 은섬, 자란, 보련, 운영이라는 이름이 있다는 사실도 이들이 고유한 캐릭터임을 상징합니다. 그 면모는 궁녀들이 나들이 갈 장소를 정하기 위해 팽팽하게 토론하는 과정에서 구체적으로 드러나지요.

놀라운 것은 이처럼 개성 강한 궁녀들이 김 진사와의 사랑으로 인해 죽음을 앞둔 운영 대신 죽겠다고 한다는 점입니다. 궁녀의 삶이 비인간적이라는 데에는 모두들 공감했던 것입니다. 목숨을 걸고 한목소리로 두 사람의 사랑을 옹호하는 궁녀들의 연대는 읽는 이의 생각을 '갇혀 있는 인간의 자유'에 대한 문제로 확장시킵니다. 자유는 지금도 억압당하고 있는 모든 존재에게 필요한 근본적인 가치이기에, 이를 우리 소설사에서 가장 먼저 이야기한《운영전》은 그야말로 시대를 초월하는 고전이라고 할 수 있어요.

《운영전》이 이러한 문제의식을 남녀 간의 사랑이라는 소재를 활용해 여성 인물 중심으로 표현한다는 것도 눈여겨볼 만합니다. 고전소설 가운데 높은 평가를 받는 작품들이 이와 유사한 방식을 보여 주기 때문이지요.《금오신화》의 〈이생규장전〉과《춘향전》이 대표적입니다.《운영전》, 〈이생규장전〉,《춘향전》에서 왜 여성 주인공이 사건을 주도하는지, 사랑을 주요 사건으로 삼아 궁극적으로 전달하고자 했던 메시지가 무엇인지 비교해 보세요. 세 작품의 공통점과 차이점을 이해할 수 있다면 고전소설의 진면목에 한결음 다가서게 될 것입니다.

《운영전》은 이본이 많은데, 이 책은《화몽집》(북한 김일성종합대학교 소장본)에 수록된 이본을 바탕으로 했습니다.《화몽집》이 다른 이본에 비해 원본 계열에 가까우면서 시기적으로도 앞서 있어 본래의 모습을 잘 간직하고 있다고 볼 수 있기 때문입니다. 또《운영전》은 한문소설인 만큼 한글소설에 비해 어휘나 표현이 어렵다는 점을 고려해 전남대학교 사범대학 국어교육과 학생들과 함께 읽으며 청소년이 쉽게 이해할 수 있도록 옮겼습니다. 여러분이《운영전》의 재미와 의미를 알아 가는 데 도움이 되기를 바랍니다.

채윤미

차례

유영,

운영과 김 진사를
만나다

수성궁은 안평대군의 옛집으로 서울 서쪽 인왕산 아래에 있었다. 이곳은 산천이 빼어나게 아름다운 데다 용과 호랑이가 웅크린 듯 웅장한 형세였다. 그 남쪽에는 사직단, 동쪽에는 경복궁이 자리했다. 인왕산의 한 줄기가 구불구불하게 내려오다가 수성궁에 이르러 우뚝 솟아 있었다.

인왕산이 비록 높지는 않았지만, 올라가서 내려다보면 서울 큰길에 줄지은 시장과 성안에 가득한 집들이 바둑판에 바둑돌이 벌여 있고 별들이 늘어선 듯해 하나하나 손가락으로 가리킬 수 있었고, 베틀 위에 늘어놓은 실이 갈라져 나뉜 것처럼 구획이 뚜렷했다. 동쪽으로는 경복궁이 어렴풋하게 보였다. 그곳의 복도는 하늘을 가로지를 듯 높았고, 구름과 안개가 품은 푸른빛이 아침저녁으로 모습을 드러냈으니 실로 경치가 빼어나다 할 만했다.

당시에는 술 취한 이들과 활 쏘는 이들, 노래하는 아이들과 피리 부는 아이들, 시문 짓는 이들이며 글씨와 그림 즐기는 이들이 꽃과 버드나무 흩날리는 봄과 단풍 들고 국화 피는 가을이면 그 위에서 놀지 않는 날이 없었다. 바람과 달에 대해 시를 읊고 즐기느라 돌아가는 것을 잊었다.

청파동에 사는 선비 유영은 이곳의 경치가 뛰어나다는 말을 늘 듣고 한번 놀러 가려는 생각이 있었다. 그러나 옷이 낡고 용모가 너저분해 놀러 온 이들의 비웃음을 살 것을 알고 나아가려던 발걸음을 주저한 지 오래였다.

만력* 신축년(1601) 봄 음력 삼월 십육일. 유영이 탁주 한 병을 사서 따르는 아이종도 친구도 없이 스스로 술병을 차고 혼자 궁문으로 들어갔다. 보는 이들이 서로 돌아보며 손가락질하고 비웃었다. 유영은 창피해서 곧장 후원으로 갔다. 높은 곳에 올라가 사방을 바라보니 전쟁을 겪은 지 얼마 되지 않아서 서울의 궁궐과 성안에 가득했던 화려한 집들이 완전히 사라져 있었다. 무너진 담, 깨진 기와에 우물은 메워져 못 쓰게 되고 무너져버린 돌층계에 초목이 무성한 가운데 그저 동쪽의 곁채 몇 칸이 남아 있을 뿐이었다.

유영이 서쪽 정원으로 걸어 들어가니 경치가 그윽한 곳에 온갖 풀이 우거졌고 그 그림자가 맑은 연못에 드리워져 있었다. 땅에 가

* 만력 중국 명나라 신종 때의 연호. 만력 신축년은 선조 34년이다.

득 떨어진 꽃들에는 사람의 자취가 닿지 않았는데 실바람이 한번 불자 향기가 그윽했다. 유영은 홀로 바위 위에 앉아 송나라 문장가 소동파의 시 한 구절을 읊었다.

반쯤 지나간 봄날 조원각에 오르니
땅 가득 떨어진 꽃잎 쓰는 이 없네

문득 차고 있던 술병을 끌러 다 마시고는 취해서 돌을 베개 삼아 바위 옆에 누웠다. 얼마 있다가 술이 깨어 눈을 들어 살펴보니 놀러 왔던 이들이 모두 돌아가고 없었다. 산은 벌써 달을 토하고 안개가 버드나무 주위를 감싸며 바람이 꽃잎을 흔드는데 한 줄기 가느다란 말소리가 바람결에 들려왔다. 유영이 이상하게 여겨 일어나 바라보니 한 소년이 빼어난 미인과 자리를 깔고 마주 앉아 있었다. 그는 유영이 오는 것을 보고 기쁘게 일어나 맞이했다. 유영이 소년과 더불어 인사하고는 물었다.

"수재*는 어떤 분이기에 낮에 오지 않고 밤에 오십니까?"

소년이 작게 미소 지으며 말했다.

"옛말에, '처음 만나 잠깐 이야기를 나누었지만 오랜 친구처럼 친하다'더니 꼭 이와 같군요."

* 수재 결혼하지 않은 남자를 높여 부르는 말

그러고는 셋이 둘러앉았다. 여인이 낮은 소리로 아이를 부르자 여종 두 명이 숲에서 나왔다. 여인이 여종에게 말했다.

"오늘 저녁 옛사람을 다시 만난 자리에서 기약하지 않은 귀한 손님도 만났구나. 이 밤을 적막하게 보낼 수 없겠다. 너희들은 술과 안주를 준비해 오너라."

두 여종이 명을 받들어 간 지 얼마 지나지 않아 돌아왔는데 가볍게 움직이는 모습이 새가 날아서 오가는 듯했다. 유리로 만든 술동이에 신선이 마시는 자하주가 가득했고 진기한 과일과 음식이 은쟁반에 담겨 있었다. 백옥잔에 술을 따라 마시니 술맛이나 안주가 모두 인간 세상의 것이 아니었다. 술이 석 잔 돌자 여인이 새로운 곡조의 노래를 불렀다.

> 깊고 깊은 곳에서 옛사람을 이별하고
>
> 하늘이 정한 인연 끊이지 않았으나 만날 수 없었네
>
> 구름 되고 비 되는 꿈*은 현실이 아닌지라
>
> 꽃 활짝 핀 봄에 몇 번이나 상심했던가
>
> 지난 일 먼지 되어 사라졌건만

* 구름 되고 비 되는 꿈 '남녀가 만나 사랑을 나눈다'는 뜻. 중국 초나라 왕이 꿈에서 무산巫山의 신녀神女와 만나 정을 통했는데, 신녀가 떠나면서 자기는 아침에 구름이 되고 저녁에 비가 되어(조운모우朝雲暮雨) 늘 같은 곳에 있겠다고 했다는 고사에서 유래했다.

사람들 헛되이 눈물 적시네

노래를 마치고 탄식하며 울음을 삼키는데 구슬 같은 눈물이 얼굴에 가득했다. 유영이 이상하게 여겨 일어나 절하고 말했다.

"제가 비록 뛰어난 글을 짓는 재주는 없을지라도 일찍부터 학업을 닦아 시문 짓는 일을 조금 압니다. 지금 이 노래를 들으니 격조가 맑고 탁월하나 뜻이 슬프고 처량해 몹시 괴이합니다. 오늘 밤 만남은 달빛이 대낮처럼 밝고 맑은 바람이 평온하게 불어와 즐길 만하거늘, 서로 마주하고 슬피 우는 것은 무엇 때문입니까? 한잔 술을 나누어 마음이 이미 두터운데 이름도 속내도 말씀하지 않으니 또한 의아하군요."

유영이 먼저 자기 이름을 말하며 밝히기를 고집하니 소년이 탄식하고 대답했다.

"성명을 말하지 못하는 데는 사정이 있습니다. 그대가 꼭 알고자 하시니 알려 드리는 것이 뭐 어렵겠습니까마는, 말씀을 드리자면 사연이 깁니다."

퍽 오래 우울한 기색을 띠더니 이윽고 말했다.

"저의 성은 김입니다. 열 살에 시문을 잘 지어 학당에 이름이 났습니다. 열네 살 때 진사 시험에 이등으로 합격해 모두 김 진사라고 불렀지요. 저는 어린 나이인지라 대범한 기운과 호기로운 뜻을 억누를 수 없었습니다. 또 이 여인과 인연을 맺고는 부모님이 물려 주신 몸으로 끝내 불효자가 되었습니다. 천지간의 큰 죄인이지요. 그런 죄인의 이름을 어찌 굳이 알려 하십니까? 이 여인의 이름은 운영雲英입니다. 저 두 여종 중 한 명은 녹주, 한 명은 송옥입니다. 모두 옛날 안평대군의 궁녀들이지요."

유영이 말했다.

"말을 꺼내고 다하지 않으니 처음부터 말하지 않은 것만 못합니다. 안평대군 시절의 일을 진사께서 애통하게 여기는 이유를 상세히 들을 수 있을는지요."

진사가 운영을 돌아보며 말했다.

"세월이 여러 번 바뀌어 이미 오래되었으니 그때의 일을 기억할 수 있겠소?"

운영이 대답했다.

"마음에 쌓인 원망을 어느 날인들 잊었겠어요? 제가 한번 말해 볼 테니 낭군께서 옆에서 빠뜨린 부분을 채워 붓으로 기록해 주세요."

또 여종에게,

"너는 벼루 시중을 들어 줄 수 있겠느냐?"

하고는 곧 이야기를 시작했다.

수성궁에
갇힌

열 사람

세종대왕의 여덟 대군 중에 안평대군이 가장 총명하므로 임금께서 몹시 사랑하셨습니다. 상을 무수히 내리셨으니 토지와 노비며 재산이 여러 왕자 가운데 독보적이었습니다. 열세 살에 자신의 궁으로 나가 사셨는데 그 궁이 곧 수성궁입니다.

대군께서는 유학儒學을 자신의 소임으로 삼아 밤이면 독서하고 낮이면 서예를 하며 일찍이 한 시각도 헛되이 보내지 않았습니다. 당시의 문인과 재능 있는 선비들이 다 그 문하에 모여 재주를 겨루고, 때때로 닭이 울 때까지 토론을 게을리하지 않았지요. 더욱이 대군은 글씨와 문장이 뛰어나 나라 전체에 이름을 드날렸습니다. 대군의 형인 문종께서는 세자로 계실 때 매번 집현전 학사들과 함께 안평대군의 필법을 논하시며,

"내 아우가 중국에서 태어났다면 가장 뛰어난 서예가 왕희지에게는 미치지 못할지라도 어찌 원나라 서예가 조맹부에게 뒤졌겠

습니까"라며 칭찬을 그치지 않으셨습니다.

하루는 대군이 궁녀들에게 말했습니다.

"천하 대가들의 재주는 반드시 편안하고 고요한 곳에서 공부를 한 후에야 이루어질 수 있었다. 북쪽 성문 밖은 산천이 적막하고 마을이 자못 머니 그곳에서 학업을 닦는다면 틀림없이 정신을 집중할 수 있으리라."

즉시 그곳에 학당 수십 칸을 짓고 '비해당'이라는 이름을 판에 새겨 걸었습니다. 또 그 옆에 단 하나를 세우고 이름을 '맹시단'이라 했습니다. 둘 다 '명분을 돌아보고 의리를 생각하라'는 뜻입니다. 당대 문장가와 명필들이 모두 그 단으로 모여들었는데 문장은 성삼문*이 으뜸이고 필법으로는 최흥효*가 으뜸이었습니다. 그러나 모두 대군의 재주에는 미치지 못했습니다.

하루는 대군이 취기가 올라 궁녀들을 불러 말했습니다.

"하늘이 재주를 어찌 남자에게만 풍성하게 내리시고 여자에게는 인색하셨겠느냐? 지금 문장으로 자부하는 자가 적진 않으나 모두 숭상할 것이 못 되고 무리 가운데 특별히 뛰어난 자가 없다. 그러니 너희들도 학문에 힘쓰도록 해라."

이에 궁녀 중 용모가 아름답고 나이가 어린 열 명을 뽑아 가르

* 성삼문 세종 때의 문신으로, 자는 근보謹甫다. 단종 복위를 시도했다가 처형당했다.
* 최흥효 조선 초, 초서체(획의 생략과 연결이 심한 서체)로 유명했던 서예가

치셨습니다. 먼저《언해소학》을 주어서 읽고 외우게 한 후《중용》《대학》《논어》《맹자》《시경》《서경》《통감절요》《송사》를 모두 가르쳤습니다. 또 이백과 두보,《당음》수백 수를 뽑아 가르치니 오 년 안에 과연 모두 재주를 이루었습니다.

대군은 들어오시면 저희들을 눈앞에 두셨습니다. 시를 짓도록 한 뒤 지도하시고, 잘하고 못하고를 매겨 상벌을 내리셔서 저희를 북돋는 수단으로 삼으셨습니다. 시의 탁월한 기상은 비록 대군에게 미치지 못했으나 음률의 청아함과 시구의 완숙함은 성당 시인*의 울타리를 엿볼 만했습니다. 열 사람의 이름은 소옥小玉, 부용芙蓉, 비경飛瓊, 비취翡翠, 옥녀玉女, 금련金蓮, 은섬銀蟾, 자란紫鸞, 보련寶蓮, 운영인데, 운영이 곧 저입니다.

대군은 모두를 사랑해 주셨으나 항상 궁중에 가두고 다른 사람과 대화하지 못하게 했습니다. 날마다 선비들과 더불어 술을 마시고 재주를 다투었지만 저희는 한 번도 가까이하지 못하게 하셨지요. 궁 밖 사람들이 혹시라도 알까 염려했던 것입니다.

늘 명령하기를,

"궁녀가 한 번이라도 궁문을 나가면 그 죄는 죽어 마땅할 것이요, 궁 밖의 사람들이 궁녀의 이름을 알게 되면 그 죄 또한 죽음이

* 성당 시인 중국 당나라 때 시는 시기별로 초당, 성당, 중당, 만당으로 나눈다. 성당 시기에 속하는 시인으로는 이백과 두보가 있다.

다"라고 하셨습니다.

하루는 대군이 밖에서 돌아와 저희를 불러 말씀하셨습니다.

"오늘 선비 아무개와 함께 술을 마시는데, 한 줄기 푸른 연기가 궁중 나무에서 일어나더니 일부는 성벽을 두르고 일부는 산기슭으로 날아갔다. 내가 먼저 오언절구五言絕句 한 수를 짓고 손님들에게 차운시*를 짓게 했으나 모두 내 뜻에 맞지 않았다. 너희가 나이 순서대로 각각 시를 지어 바쳐라."

소옥이 먼저 지어 올렸습니다.

> 푸른 연기 가늘기가 실 같아서
> 바람 따라 문으로 들어오네
> 어렴풋이 짙었다 옅어져서
> 황혼이 가까워진 것을 알지 못했네

아홉 사람이 뒤를 이어 시를 지었습니다.

> 하늘로 날아가 비 거닐고 와서
> 땅에 떨어져 다시 구름 되네

* 오언절구, 차운시 오언절구는 다섯 글자씩 네 구로 이루어진 시, 차운시는 남이 지은 시의 운자韻字(시를 지을 때 정해진 구절 끝에 쓰도록 규정된 글자)를 따서 짓는 시다.

저녁 가까워 산빛 어두우니

초나라 임금 간절히 생각하네

이것은 부용의 시입니다.

살구나무는 싹 틔우기도 어려워하는데

대나무만이 홀로 푸름을 간직하네

옅은 연기 별안간 짙어 보이니

날 저물고 또 어두워졌구나

이것은 비경의 시입니다.

꽃에 덮인 벌은 힘을 잃고

대나무에 갇힌 새는 둥지를 못 찾네

황혼 녘에 잠시 비 내리니

창밖으로 들리는 쓸쓸한 빗소리

이것은 비취의 시입니다.

얇은 비단 가벼이 해를 덮고

산 주위를 푸르게 둘렀네

실바람 불어 흩어졌지만
물기는 연못에 남았구나

이것은 옥녀의 시입니다.

산 아래 모여든 찬 연기
궁궐 나무를 비껴 날아가네
바람 불자 절로 흩어지고
붉은 해는 파란 하늘에 가득

이것은 금련의 시입니다.

산골짝에 짙은 그늘 일어나자
연못에 푸른 그림자 흐르네
날아가버려 찾을 길 없더니
연잎에 이슬방울로 남았구나

이것은 은섬의 시입니다.

이른 아침 어두운 골짜기 향하더니
높은 나무에 비껴 내려앉았네

잠깐 사이 홀연 날아갔구나
서쪽 산과 앞 시냇가로

이것은 자란의 시입니다.

봄 그늘 속 작은 골짜기
물기운 속 한양
인간 세상에
문득 비춰 궁전 만들었구나

이것은 보련의 시입니다.

멀리 바라보니 가느다란 푸른 연기
미인은 비단 짜기를 놓아버렸네
바람을 마주하고 홀로 한탄하니
날아가 무산에 떨어지리라

이것은 저의 시입니다.
대군께서 놀라 말씀하셨습니다.
"너희가 시를 늦게 배웠지만 만당의 시와 비교해도 우열을 가릴 수 없으니, 성삼문 이하의 사람들 중에는 앞설 자가 없다. 여러 번 읊조려도 우열을 알지 못하겠다."

한참 지나서 말씀하시기를,

"부용의 시는 초나라 왕을 사모하는 것이기에 내가 매우 기특히 여긴다. 비취의 시는 전에 비해 우아해졌고 소옥의 시는 뜻이 훌륭하며 끝 구절에 은은한 여운이 있으니 이 두 시가 마땅히 으뜸이 되리라."

하시고 또,

"내 처음 시를 볼 때는 우열을 판단하지 못했는데 다시 찬찬히 감상하니 자란의 시가 뜻이 깊다. 사람들이 자기도 모르는 새에 감탄하고 춤추게 하는구나. 나머지 시들도 모두 맑고 좋은데, 유독 운영의 시에는 한탄하며 임을 그리워하는 뜻이 있구나. 그리워하는 이가 누구인지 알지 못하겠으니 마땅히 따져 물어야겠으나, 재주가 아까우니 우선은 두고 보겠다" 하셨습니다.

저는 즉시 뜰에 내려가 엎드려 울면서 대답했습니다.

"시를 지을 때 우연히 나온 것이지, 어찌 다른 뜻이 있겠습니까. 지금 주군께 의심을 받으니 저는 만 번 죽어도 아깝지 않습니다."

대군이 앉으라 명하고 말씀하셨습니다.

"시는 마음에서 우러나온다. 가리거나 숨길 수 없으니 너는 더 이상 말하지 마라."

그러고는 비단 열 필을 열 사람에게 나누어 주셨습니다. 대군이 제게 일찍이 사사로운 뜻을 보인 적은 없었지만 궁중 사람들은 전부 대군의 마음이 저에게 있다는 것을 알고 있었습니다.

열 사람이 모두 물러 나왔습니다. 깊은 방에 촛불을 환히 밝히고, 칠보 책상에《당률》을 펴고 궁녀의 원망을 읊은 시들의 우열을 토론했습니다. 저만 홀로 병풍에 기대어 진흙으로 만든 인형처럼 축 처져 말을 하지 않으니 소옥이 돌아보며 말했습니다.

"낮에 읊은 시로 주군께 의심을 받더니 그것 때문에 걱정이 되어서 말을 안 하는 거니? 아니면 저녁에 주군과 비단 이불 안에서 기뻐할 것이라 속으로 즐거워 말을 하지 않는 거니? 마음에 품은 바를 알 수가 없구나."

제가 옷깃을 여미며 대답했습니다.

"너는 내가 아닌데 어떻게 내 마음을 알겠니. 시를 한 수 지으려는데 기발한 생각을 찾지 못해 고민하느라 말을 하지 않았을 뿐이야."

은섬이 말했습니다.

"뜻이 향하는 곳이 있어 마음이 여기 없으니 옆 사람의 말이 귓가를 스치는 바람 소리 같겠지. 네가 말하지 않아도 알기 어렵지 않아. 내가 시험해 볼게."

은섬은 제게 '창밖의 포도'를 제목으로 칠언사운七言四韻*의 시

* 칠언사운 일곱 글자씩 여덟 구로 이루어진 시. 사운은 운이 네 번 들어가는 한시로 대개 운은 짝수 구에 넣기 때문에 여덟 구로 이루어지는 율시를 뜻한다.

를 지으라고 재촉했습니다. 제가 곧 읊었지요.

구불구불한 넝쿨은 용이 나는 듯하고
그늘을 이룬 푸른 잎사귀마다 정이 깃들었네
뜨거운 태양 맹렬히 내리쬐니
맑은 하늘에 차가운 그림자 도리어 밝구나
난간 잡고 뻗어 나온 줄기는 뜻이 머문 듯하고
열매 맺어 드리워진 구슬은 정성을 나타내는 듯하네
만약 훗날을 기다려 변할 수 있다면
기회를 맞아 구름 타고 삼청궁에 오르리

소옥이 오래 읊조리더니 일어나 절까지 하면서 말했습니다.

"진실로 천하에 기이한 재주구나. 풍격*의 수준은 낮에 지은 시와 비슷하지만 순식간에 지은 시가 이와 같으니, 이것이 시인들에게 어려운 일이지. 칠십 명 제자들이 공자에게 복종했던 것처럼 내 기쁜 마음으로 정성을 다해 따르게."

자란이 말했습니다.

"말은 조심하지 않으면 안 되는데 어찌 그리 과하게 칭찬을 하니? 그저 문장이 부드러우면서도 날아오르는 모습이 있다는 점은

* 풍격 문학이나 예술 등에서 느껴지는 특징적인 기운

알아줄 만하구나."

모두 말했습니다.

"정확한 평가로다."

제가 이 시를 지어 의혹에서 벗어났다고는 하나 무리들의 의심이 완전히 풀린 것은 아니었습니다.

다음 날, 밖에서 수레와 말소리가 요란하더니 문지기가 달려 들어와 말했습니다.

"손님들이 오십니다."

대군은 동쪽 누각을 청소하게 하고 손님을 맞이하셨습니다. 모두 당대의 문인과 재능 있는 선비들이었지요. 자리에 앉자 대군께서는 우리가 연기에 대해 지었던 시를 보여 주셨는데 모여 있던 사람들이 매우 놀라며 말했습니다.

"오늘 뜻밖에 성당의 음조音調*를 다시 보는군요. 저희들이 어깨를 나란히 할 수 없겠습니다. 나리께서는 이런 대단한 보물을 어디서 얻으셨습니까."

대군이 미소 지으며 말씀하셨습니다.

"어찌 그럴 리가 있겠소? 아이종이 우연히 길에서 얻어 왔는데, 누가 지었는지는 몰라도 필시 백성들이 사는 마을의 재주가 뛰어난 선비의 손에서 나온 듯하오."

* 음조　시에서 소리의 높낮이나 강약, 장단 등의 어울림

모인 이들이 의심하는데 잠시 후 성삼문이 와서 말했습니다.

"재주란 다른 시대에서 빌려 올 수 없는 것입니다. 지난 왕조부터 지금에 이르기까지 육백여 년간 중국에서 시로 명성이 났던 사람은 셀 수가 없습니다. 하지만 어떤 사람은 무겁고 탁해 우아하지 못하고, 어떤 사람은 가볍고 맑으나 경박해 모두 음률에 맞지 않거나 본래의 마음을 잃어버렸습니다. 제가 모든 시를 보지는 않았으나 이 시들은 풍격이 맑고 진실하며 생각이 초탈해 속세의 모습이 조금도 없습니다. 분명 이 시는 깊은 궁에 있는 사람이 속세 사람들과 접하지 않은 채, 오직 옛사람의 시를 읽고 밤낮으로 읊조리다가 스스로 깨달음을 얻어 지은 것입니다.

그 뜻을 자세히 음미해 보면, '바람을 마주하고 홀로 한탄하니'라는 구절에는 임을 그리는 뜻이 담겨 있습니다. '대나무만이 홀로 푸름을 간직하네'라는 구절은 정절을 지키겠다는 뜻입니다. '바람 불자 절로 흩어지고'라는 구절은 정절을 지키기 어렵다는 뜻이며, '초나라 임금 간절히 생각하네'라는 구절은 임금을 향한 정성을 담고 있습니다. '연잎에 이슬방울로 남았구나'와 '서쪽 산과 앞 시냇가로'라는 구절은 천상 선녀가 아니면 이와 같이 형용할 수 없을 것입니다. 격조에는 비록 높고 낮음이 있을지라도 교훈과 기상은 거의 모두 같습니다. 나리의 궁중에 신선 열 명을 기르고 있는 것이 틀림없습니다. 숨기지 마시고 한번 보게 해 주십시오."

대군은 속으로 진정 승복했으나 겉으로는 수긍하지 않으며 말

쓸하셨습니다.

"누가 근보더러 시에 안목이 있다고 했는가? 내 궁중에 어찌 이런 사람들이 있겠소? 의심이 많기도 하구려."

이때 우리 열 사람은 창틈으로 몰래 듣고 탄복하지 않을 수 없었습니다.

먹물
한 점에

시작된
사랑

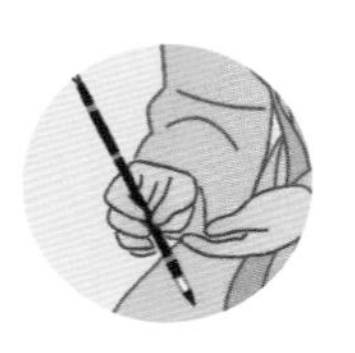

이날 밤 자란이 정성을 다해 제게 물었습니다.

"여자가 태어나면 시집가길 바라는 것이 부모의 마음이니 사람이라면 모두 그렇지. 네가 그리워하는 이가 누구인지는 모르겠다. 하지만 네 모습이 나날이 예전만 못해서 안타깝구나. 진심으로 물으니 행여 숨기지 마라."

제가 일어나 감사하며 이렇게 말했습니다.

"궁인들이 너무 많아 엿듣는 무리가 있을까 두려워 감히 입을 열지 못했어. 오늘 네가 이토록 간곡히 묻는데 무엇을 숨기겠니?

작년 가을, 국화가 처음 피어나고 붉은 잎이 시들기 시작하던 때였지. 대군께서 홀로 서재에 앉아 궁녀들에게 먹을 갈게 하고는 큰 비단을 펼쳐 놓고 사운시 열 수를 쓰고 계셨어. 그때 아이종이 밖에서 들어와, '김 진사라는 나이 어린 선비가 뵙기를 청합니다' 하고 아뢰자 대군께서 기뻐하며 말씀하셨어. '진사가 왔구나.'

맞이하게 하니 베옷에 가죽띠를 한 이가 들어와 빠르게 계단을 오르는데 마치 새가 날개를 편 듯했어. 절을 하고 자리에 앉는데 그 얼굴과 태도가 신선 같았어. 대군께서 한번 보시고는 마음에 들어 즉시 자리를 옮기고 마주 앉으셨지. 진사는 자리를 옮겨 절하고 말했어.

'외람되이 두터운 은총을 입고도 황공한 명을 여러 번 받들지 못하다가 이제야 뵙게 되니 송구하기 그지없나이다.'

대군이 위로하며 말씀하셨지.

'오랫동안 명성을 우러러 오다 여기까지 오게 했소이다. 빛이 방에 가득해지니 내가 많은 보배를 얻은 것 같구려.'

진사가 처음 들어왔을 때 곁에 있던 궁녀들과 마주쳤는데, 대군은 진사가 나이 어린 선비라 편히 여기고 우리에게 피하라고 하지 않으셨지.

대군이 진사에게 말씀하셨어.

'가을 경치가 몹시 좋으니 시 한 수 지어 이 집을 빛나게 해 주면 어떠한가.'

진사가 자리를 피해 사양하며,

'헛된 명성이 실상을 속인 것입니다. 시의 격조와 음률을 제가 어찌 감히 알겠습니까.'

하니 대군께서는 금련에게 노래를 부르게 하고 부용에게는 거문고를 연주하게 하며 보련은 퉁소를 불게 하고 비경은 술을 따르게 하며 내게는 벼루 시중을 들게 하셨어. 그때 나는 어린 소녀라 낭군을 한번 보고 넋이 나가 생각이 막혔고, 낭군 역시 나를 돌아보고 웃음을 머금으며 자주 눈길을 보냈어.

대군께서 진사에게 말씀하셨어.

'내가 그대를 지극한 정성으로 대접하는데 그대는 어찌 시 한 편 짓기를 아껴 내가 이 집에 면목이 없게 하는가?'

진사는 곧 붓을 잡고 오언사운 한 수를 썼단다.

> 기러기 남쪽 향해 날아가니
>
> 궁 안에 가을색이 깊구나
>
> 물이 차가우니 연잎은 옥처럼 펼쳐지고
>
> 서리 내리니 국화는 금빛을 드리우네
>
> 비단 자리의 젊은 미녀
>
> 거문고에선 백설곡 소리
>
> 좋은 술 한 동이에
>
> 미리 취해 마음을 누르기 어렵도다

대군께서 두세 번 읊조리시더니 놀라며 말씀하셨어.

'실로 천하의 기이한 재주라 할 만하다. 만남이 어찌 이리 늦었을까.'

궁녀 열 사람도 동시에 돌아보며 낯빛을 바꾸고 말했지.

'이분은 필시 신선이 되었다는 왕자진이 학을 타고 인간 세상에 온 걸 거야. 세상에 어떻게 이런 사람이 있을까.'

대군께서 잔을 잡고 물으셨어.

'옛 시인 중 누구를 으뜸으로 여기는가?'

진사가 말했지.

'제가 읽어 본 바로 말하자면, 성당의 시인 이백은 천상의 신선과 같은 기상입니다. 오랫동안 옥황상제 옆에서 보필하다가 곤륜산 꼭대기 현포로 놀러 가서 술을 다 마시고 취흥을 이기지 못해 만 그루 나무에 핀 아름다운 꽃을 꺾다 바람 따라 인간 세상에 떨어진 듯합니다.

초당의 시인 노조린과 왕발은 바다의 신선입니다. 뜨고 지는 해와 달, 변화하는 구름, 요동치는 푸른 파도, 물줄기를 토하는 고래, 아득한 섬, 울창한 초목, 부서지는 물결과 수초의 이파리, 물새의 노래, 교룡*의 눈물, 이 전부를 가슴속 깊이 품었으니 이들의 시에는 만물의 조화가 담겨 있습니다.

성당의 시인 맹호연은 소리의 울림이 최고이니 전설의 악사 사광에게 배워 음률을 익혔을 것입니다. 만당의 시인 이의산은 신선술을 배우고 일찍이 시를 짓게 하는 귀신의 부림을 받아 일생 동

* 교룡　상상의 동물로, 뱀과 비슷한데 네 발이 있다. 때를 못 만나 뜻을 이루지 못한 영웅을 비유하는 말이다.

안 지은 시가 귀신의 말이었습니다. 나머지 인물들은 이견이 많으니 어찌 다 말할 수 있겠습니까.'

대군께서 말씀하셨어.

'날마다 문사들과 시를 토론하면 성당 시인 두보를 최고로 여기는 자들이 많은데 이 말은 어떠한가?'

진사가 말했어.

'그렇습니다. 속된 선비들이 숭상하는 것은 회와 구운 고기가 사람의 입을 즐겁게 함과 같습니다. 두보의 시는 정말 회와 구운 고기입니다.'

대군께서 말씀하셨어.

'모든 형식을 갖추었고 비와 흥*이 지극히 정밀한데 어찌 두보를 가볍게 여기는가?'

진사가 조심스럽게 아뢰었지.

'제가 어찌 감히 그를 가벼이 여기겠습니까. 그의 장점을 논하자면 한나라 무제가 미앙궁에 행차하시어 사방 오랑캐들이 중국을 침범함에 분노해 토벌을 명하니 백만 용사들이 수천 리에 걸쳐 가는 형세와 같습니다. 그의 위대함으로 말하자면 한나라 문장가 사마상여가 지은 〈장문부〉, 역사가 사마천이 지은 〈봉선서〉와 같

* 비와 흥　한시의 표현법. 비는 비유법, 흥은 다른 사물 등을 먼저 제시하고 여기서 원래 말하려던 바를 환기하는 방법이다.

습니다. 신선을 노래한 시는 박식한 신하 동방삭이 좌우에서 모시고 선녀들을 다스리는 서왕모가 금복숭아를 바칠 만합니다.

이 때문에 두보의 문장은 백 가지 문체를 갖추었다 할 수 있으나, 이백과 비교하면 하늘과 땅 차이일 뿐 아니라 강과 바다가 다른 것과 같습니다. 왕발과 맹호연에 비교하면 두보가 수레를 몰아 앞서 인도하고, 왕발과 맹호연이 채찍을 잡고 길을 다툰다 할 것입니다.'

대군께서 말씀하셨어.

'그대의 말을 들으니 가슴속이 시원하게 트여 기운찬 바람을 타고 하늘의 태청궁에 오를 듯 황홀하구나. 다만 두보의 시는 천하의 높은 문장이다. 민간의 풍속을 읊은 악부는 부족함이 있겠으나 어찌 왕발, 맹호연과 길을 다투겠는가? 비록 그러하더라도 이 문제는 일단 두고 그대가 한 수 더 읊어 이 집에 광채를 더해 주게.'

진사가 곧 칠언사운을 지어 복숭아꽃 무늬가 있는 종이에 써서 바치니 그 시는 이랬단다.

안개 흩어진 연못에 이슬 기운 서늘한데
파란 하늘 물과 같아, 밤은 어찌 긴가
마음 담긴 잔잔한 바람 드리워진 발에 불고
다정한 흰 달이 방 안에 들어오네
뜰에 어둠 걷히니 소나무 그림자 비치고

술잔 속에 물결 이니 국화 향기 어리네
완적* 은 어렸어도 술 잘 마시니
술에 취해 허둥거려도 이상하다 하지 말길

대군이 더욱 기이하게 여겨 앞으로 다가가 손을 잡고 말하셨어.

'진사는 요즘 세상의 재주가 아니로다. 내가 높고 낮음을 논할 수 있는 사람이 아니네. 또 문장만 잘하는 게 아니라 글씨도 극히 신묘하니 하늘이 그대를 동방에 태어나게 함은 필시 우연이 아닐 걸세.'

또 대군은 진사에게 초서를 쓰게 하셨어. 진사가 붓을 휘두를 때 먹물이 내 손가락에 잘못 떨어져 마치 파리 날개 같았는데, 내가 이를 영광으로 여기고 닦아 없애지 않았어. 좌우 궁인들이 모두 돌아보고 미소 지으며 등용문*에 비유했단다. 밤이 깊어 물시계가 시간을 재촉하자 대군께서 하품하고 기지개를 켜셨어. 졸려서 이렇게 말씀하셨지.

'내가 취했군. 그대도 물러가 쉬게.'

* 완적　삼국 시대 위나라의 문학가. 술을 좋아하고 말솜씨가 뛰어났다.
* 등용문　용문에 올랐다는 뜻. 평판이 높은 인물에게 인정을 받았다는 의미다.《후한서》〈이응전〉에 따르면 이응은 조정이 부패한 시기에도 홀로 선비의 품격을 유지해 명망이 높았다. 그래서 선비 가운데 그의 대접을 받는 사람이 있으면 '용문에 올랐다'고 했다.

그러고는 '내일 아침 생각나거든 거문고를 안고 오시게'* 라는 구절을 잊지 말라고 하셨지.

다음 날 대군께서는 진사가 쓴 시 두 편을 다시 읊조리고는 감탄하며 말씀하셨어.

'성삼문과 자웅을 겨룰 만한데 맑고 우아한 느낌은 더 낫구나.'

나는 이때부터 누워도 잘 수 없었고 먹는 것이 줄었어. 마음이 복잡해서 옷과 허리띠가 헐렁해지는 줄도 몰랐는데 너는 그걸 알지 못했니?"

자란이 말했습니다.

"난 몰랐는데 네 말을 듣고 나니 멍했다가 술이 깬 것 같아."

* '내일 아침~안고 오시게' 이백이 지은 시 〈산중여유인대작山中與幽人對酌〉의 한 구절을 인용한 것이다.

그리움은

깊어만
가고

그 후 대군께서는 진사와 자주 만나셨지만 이전과 같이 저희가 가까이하지는 못하게 하셨습니다. 그래서 저는 매번 문틈으로 엿보았지요. 하루는 설도전*에 율시 한 수를 적었습니다.

베옷에 가죽띠 두른 선비
옥처럼 빛나는 얼굴 신선 같네
매번 발 사이로 바라만 보니
월하노인의 부부 인연 어찌 없는가
얼굴 씻으니 흐르는 눈물이 물이 되고
거문고 타니 한이 현에서 우네

* 설도전 설도의 종이. 설도라는 이름의 기생이 붉은 빛깔의 종이를 작은 크기로 잘라 시를 적었던 데서 유래한 말이다.

가슴속 원망 끝이 없어서

머리 들어 오직 하늘에 하소연하네

시 쓴 종이를 금비녀 한 짝과 같이 싸고 열 겹으로 거듭 봉해 진사에게 보내려 했지만 전달할 방법이 없었습니다. 그러던 어느 달 밝은 밤, 대군께서 술자리를 크게 여셨어요. 손님들이 진사의 재주를 매우 칭찬하자 대군께서 시 두 편을 꺼내 보여 주셨지요. 모두들 돌려 보고 칭찬을 그치지 않으며 진사를 한번 보고 싶어 했습니다. 대군께서는 즉시 사람과 말을 보내 그를 초청하셨습니다. 진사가 도착해서 나아와 앉는데 몸과 얼굴이 파리하게 야위어서 예전의 풍채와 용모가 다 사라졌으니 이전의 기상이 아니었어요. 대군께서 위로하며 말씀하셨지요.

"진사는 굴원*처럼 초나라를 걱정하는 마음이 있는 것도 아닐 텐데 연못가에서의 초췌한 모습을 먼저 가지고 있는가?"

모두 크게 웃자 진사가 일어나 말씀드렸습니다.

"저는 가난하고 천한 유생으로 외람되이 대군의 총애를 입었으니 복이 지나치면 화가 일어나는 법입니다. 병이 몸을 얽어 식음을 전폐하고 혼자서는 움직이지 못하게 되었습니다. 지금 황공하게

* 굴원 초나라의 충신. 혼란한 정치적 상황 속에서 자결했다. 죽기 전에 지은 작품 〈어부사〉에 '굴원이 조정에서 쫓겨나 연못가를 거닐며 시를 읊조리는데 안색이 초췌하고 모습이 야위었다'는 구절이 있다.

도 부르시니, 명을 받들고자 부축을 받아 몸을 이끌고 와서 인사드립니다."

손님들은 모두 자세를 바로 하고 경의를 표했습니다. 진사는 나이 어린 선비여서 끝자리에 앉았지요. 안과 밖이 단지 벽 하나를 사이에 두고 있었습니다.

밤이 저물어 가니 손님들이 모두 취했습니다. 저는 벽에 구멍을 내어 엿보았고 진사 역시 그 뜻을 알고 모퉁이를 향해 앉았습니다. 저는 편지를 봉해서 구멍으로 던졌어요.

진사는 편지를 주워 집으로 가져갔습니다. 뜯어보고는 슬픔을 이기지 못해 편지를 차마 손에서 놓지 못했답니다. 그리워하는 마음이 전보다 배가 되어 살 수 없을 것만 같았고, 답장을 보내고 싶었으나 전할 방법이 없어 홀로 근심하고 한탄할 뿐이었습니다.

무녀를
찾아가다

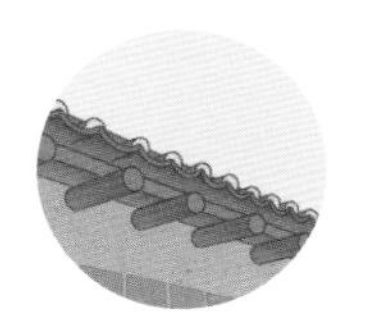

그러다가 진사는 동대문 밖에 사는 한 무녀가 영험하기로 이름이 나서 궁중에 드나들며 몹시 총애를 받는다는 이야기를 들었습니다. 그 집을 찾아갔더니 무녀는 나이가 삼십이 안 되었고 외모가 빼어나게 아름다웠어요. 일찍이 과부가 되자 방탕한 여자를 자처했는데, 진사가 온 것을 보고 술상을 잘 차려 대접했지요. 진사는 술잔을 잡고 마시지는 않은 채 말했습니다.

"오늘은 급한 일이 있으니 내일 다시 오겠소."

다음 날 또 갔으나 역시 전날과 같았어요. 진사는 차마 속내를 드러내지 못하고 말했습니다.

"내일 다시 오겠소."

무녀는 진사의 용모가 이 세상 사람 같지 않은 것을 보고 속으로 기뻐했으나 진사가 매일 와서 한 마디도 하지 않자 생각했답니다.

'나이 어린 사람이라 필시 부끄러워 말을 못하는구나. 내가 먼저 꼬드겨 밤새 붙들고 같이 자야겠다.'

이튿날 무녀는 목욕하고, 머리를 빗고, 세수하고, 갖은 모양을 내어 꾸몄습니다. 두루 성대하게 치장한 다음 꽃무늬 융단과 구슬 방석을 깔고 여종에게 문밖에 앉아 기다리라고 했습니다. 진사가 또 와서는 용모를 단장한 무당과 화려하게 깔아 놓은 자리를 보고 속으로 이상하게 여겼지요.

무녀가 말했어요.

"오늘 저녁이 어떤 저녁이기에 이런 옥 같은 분을 만났을까?"

진사는 뜻이 있지 않았기에 그 말에 대답하지 않았습니다. 근심스러운 얼굴을 하고 즐거워하지 않았답니다. 무녀가 말했습니다.

"과부의 집에 젊은 사람이 어찌 꺼리지도 않고 왕래를 하십니까?"

진사가 말했습니다.

"자네가 영험하다면 어찌 내가 온 뜻을 모른단 말인가?"

무녀가 즉시 신을 모신 자리로 나아가 절하고 방울을 흔들며 무릎을 문지르더니 온몸을 추운 듯이 떨다가 잠시 후 몸을 흔들며 말했습니다.

"낭군은 진정 불쌍한 사람이군요. 그릇된 방법으로 이루기 어려운 계책을 이루려 하다니, 계책이 이루어지지 못할 뿐 아니라 삼 년이 안 되어 저승 사람이 되시겠소."

진사가 울면서 말했습니다.

"자네가 설명해 주지 않아도 나 역시 알고 있네. 그러나 가슴에 원한이 맺혀 어떤 약도 소용이 없다네. 만일 신통한 자네의 도움으로 행여 편지를 전하게 된다면 죽어도 영광일 것이네."

무녀가 말했습니다.

"비천한 무녀인지라 제사가 있을 때 간혹 출입하는 것이지 부르신다는 명령이 없으면 감히 들어가지 못합니다. 그러나 낭군을 위해 한번 가 보지요."

진사가 품속에서 편지 한 통을 꺼내 주며 말했습니다.

"잘못 전해 재앙의 빌미가 되지 않도록 조심해 주시오."

무녀가 편지를 가지고 궁문으로 들어가니 궁중 사람들이 모두 그가 온 것을 괴이하게 여겼습니다. 무녀는 적당한 말로 둘러대며 틈을 타 눈짓으로 저를 불렀어요. 후원의 사람 없는 곳에서 편지를 주었지요. 제가 방으로 돌아와 편지를 뜯어보니 내용은 이러했습니다.

> 한 번 눈이 마주친 후 마음과 넋이 날아가 진정할 수가 없었소. 성의 서쪽을 향할 때마다 애달파서 간장이 거의 끊어지다시피 했소. 일전에 벽 틈으로 준 편지로 잊지 못할 아름다운 음성을 삼가 받들게 되니, 편지를 다 열어 보기도 전에 가슴이 막혀 반도 못 읽고 눈물방울이 글씨를 적셨소. 누워도 잘 수 없고 먹어도 목으로 넘기지 못해 병

이 깊숙이 들었으니, 어떤 약도 소용이 없고 저승에서나 볼 수 있겠소. 그저 갑자기 죽어 당신을 따르기를 바라오. 하늘이 가엾게 여기시고 신령이 남몰래 도우셔서 만에 하나라도 살아생전 이 한을 씻을 수 있게 된다면, 마땅히 뼈가 가루가 되고 몸이 닳아 없어질 때까지 천지의 모든 신령에게 제사를 올릴 것이오. 편지를 대하자 목이 메니 무슨 말을 더 하겠소?

또 시 한 편이 있었어요.

깊고 깊은 누각 저녁이라 사립문 닫히니
나무 그늘과 구름 그림자에 더욱 아득하네
떨어진 꽃잎 흐르는 물은 도랑 따라 나오고
제비는 진흙 물어 둥지 향해 돌아가네
베개 베도 꿈속의 나는 임 만나지 못해
눈 빠지게 기다리지만 소식 없네
옥 같은 모습 눈에 선해도 무슨 말 하리
푸른 풀숲 꾀꼬리 우니 눈물이 옷을 적시네

저는 편지를 보자 목이 메고 숨이 막혀 말하지 못했고, 눈물은 흐르다 피가 되었습니다. 병풍 뒤에 몸을 숨긴 채 오직 남이 알까 두려워했습니다. 이때부터는 잠시도 잊을 수 없었습니다. 바보처럼 미치광이처럼 말과 얼굴에 드러나니 대군의 의심과 시를 본 이의 말이 실로 빈말이 아니었지요. 자란도 한을 품은 여인인지라 제 말을 듣고는 눈물을 글썽이며 말했습니다.

"시는 마음에서 우러나오는 것이라 속일 수 없어."

하루는 대군께서 자란을 불러 말씀하셨습니다.

"너희 열 사람이 한 공간에 있어 학업에 전념하지 못하니 다섯 사람은 서궁에 두겠다."

저와 자란, 은섬, 비취, 옥녀는 그날로 서궁으로 옮겼어요. 옥녀가 말했습니다.

"꽃이 숨어 있고 풀은 드문데, 물 흐르고 숲은 향기로우니, 꼭 산속 집이나 성 밖 별장 같구나. 정말 독서당이라 할 만해."

제가 대꾸했습니다.

"우리는 벼슬아치도 아니고 승려도 아닌데 이리 깊은 궁에 갇혔으니 버림받은 여인 반첩여가 머물던 장신궁이라 할 만하구나."

모두들 한탄했습니다.

그 후 제가 편지를 써서 진사께 뜻을 전하려고 무녀에게 전달해 주기를 간청했지만 무녀는 끝내 오려 하지 않았습니다. 아마 진사가 자기에게 마음이 없으니 불만이었겠지요.

자란의 계책을

토론하다

어느 날 저녁 자란이 제게 은밀히 말했습니다.

"궁인들은 매해 추석이면 성문 밖 탕춘대 아래 시냇물에서 빨래를 하고 술자리를 벌인 다음 마치곤 했지. 올해는 성문 안 소격서 골짜기로 옮겨서 놀이를 벌이고, 오가며 무녀를 찾아가자. 그게 제일 좋은 계책일 거야."

저도 그렇게 여기고 괴로이 추석날을 기다리는데 하루가 가는 게 삼 년 같았어요. 비취는 그 말을 엿듣고도 짐짓 모르는 척하며 저에게 말했습니다.

"네가 처음 왔을 때 얼굴은 배꽃 같고 화장하지 않아도 타고난 자태가 빼어나서 궁중 사람들이 괵국 부인*이라 불렀지. 요 근래

* 괵국 부인 당나라 양귀비의 언니. 얼굴이 아름다워 화장을 하지 않고 황제를 대했다고 한다.

들어서는 얼굴이 예전만 못하고 점점 처음 같지 않으니 왜 그런 거니?"

제가 대답했습니다.

"타고난 체질이 허약하단다. 매번 한여름이 되면 더위를 먹는 병이 생겨서 오동잎이 떨어지고 비단 장막이 서늘해지면 점차 나아지지."

비취가 장난스럽게 시 한 수를 지어 주었습니다. 놀리려는 의도였지만 담긴 의미와 생각이 절묘했습니다. 저는 그 재주에 감탄하면서도 놀림을 받으니 부끄러웠습니다.

몇 개월 뒤 절기가 가을에 다다랐습니다. 저녁에 서늘한 바람이 불고 국화가 노랗게 피었으며, 황혼 녘에 풀벌레가 울고 흰 달이 빛을 흘렸습니다. 저는 속으로 기뻤지만 말로 표현하지 않았습니다.

은섬이 말했습니다.

"편지를 보낼 좋은 때가 가까워 오는구나. 인간 세상의 즐거움이 어찌 천상과 다를까?"

저는 서궁 사람들에게 이미 숨길 수 없음을 알고 사실을 고백하며 말했습니다.

"남궁 사람들이 모르게 해 주는 게 소원이야."

이즈음 기러기는 남쪽으로 날아가고 옥 같은 이슬이 둥글게 맺혔으니, 맑은 시냇가에서 빨래를 할 그때가 되었습니다. 궁녀들과 날짜는 정했으나 장소를 정하지 못해 의견이 분분했습니다.

남궁 사람들이 말했습니다.

"시냇물이 맑고 바위가 희기로는 탕춘대 아래보다 더 나은 곳이 없어."

서궁 사람들이 말했습니다.

"소격서 골짜기의 경치가 성문 밖보다 못하지 않은데 왜 하필 가까운 곳을 버리고 먼 곳을 찾으려 하는 거야?"

남궁 사람들이 고집을 부려서 결정하지 못하고 자리가 끝났습니다.

그날 밤 자란이 말했습니다.

"남궁 다섯 사람 중 소옥이 논의를 주도하더구나. 내가 계책으로 그 뜻을 돌릴 수 있겠다."

옥으로 만든 등을 들고 앞장서서 남궁에 이르니 금련이 반갑게 맞이했습니다.

"한번 서궁과 남궁으로 나누어진 뒤 진나라와 초나라 사이처럼 멀어졌는데, 오늘 밤 귀한 걸음을 해 주니 그 깊은 마음이 정말 고맙구나."

소옥이 말했습니다.

"고마울 일이 뭐 있어? 우리를 설득하러 온 건데."

자란이 옷매무새를 단정히 하고 정색하며 말했습니다.

"'다른 사람의 마음을 내가 헤아렸다'더니, 네 얘기구나."

소옥이 말했습니다.

"서궁 사람들은 소격서 골짜기로 가고 싶어 하는데 나 혼자 고집을 부렸지. 그래서 네가 밤중에 찾아왔으니 우리를 설득하러 왔다고 말하는 게 맞지 않아?"

자란이 말했습니다.

"서궁 다섯 사람 중 나만 성내로 가고 싶은 거야."

소옥이 말했습니다.

"무슨 의도로 혼자만 성내를 생각한 건데?"

자란이 말했습니다.

"내가 듣기로 소격서 골짜기는 하늘의 별자리에 제사 지내는 곳이어서 골짜기 이름을 삼청이라 한대. 우리는 분명 삼청의 선녀였는데《황정경》을 잘못 읽어 인간 세상에 귀양을 온 걸 거야. 이미 속세에 살게 되었으니 산속의 집이든 들판의 마을이든 농사짓는 집이든 생선 파는 가게든 어느 곳인들 괜찮지 않았겠어?

그러나 깊은 궁궐에 갇혀 있으니 마치 새장 속의 새처럼 꾀꼬리 울음소리에 탄식하고 푸른 버드나무를 보고 한숨 쉬지. 제비도 쌍으로 날고 쉬는 새도 둘이 잠들며 풀도 합환초가 있고 나무에도 연리지*가 있어. 보잘것없는 짐승들이나 무지한 초목도 음양을 타고나 즐거움을 나누지. 우리 열 명만 유독 무슨 죄가 있기에 적막한 깊은 궁에 오래도록 갇혀 꽃 피는 봄, 달 밝은 가을에도 등불을

* 연리지 두 나무의 가지가 서로 맞닿아 하나가 된 것

반려 삼아 영혼을 사르고 청춘을 헛되이 버리며 공연히 저승의 한을 남겨야 하는 걸까? 타고난 운명이 기구하다지만 어찌 이렇게까지 심할까? 사람이 태어나 한 번 늙으면 다시는 젊어질 수 없으니 바꾸어 생각해 보렴, 어찌 슬프지 않은가.

이제 맑은 시냇가에서 목욕으로 몸을 깨끗이 하고, 태을사에 가서 머리를 조아려 백번 절하고 두 손 모아 기도해서, 신의 도움으로 내세에는 이 같은 고통을 벗어나려는 것이니 무슨 다른 뜻이 있겠어? 우리 궁 사람들은 정이 형제자매 같은데 왜 이 일 하나로 의심하지 않아도 될 곳에서 의심을 하니? 내가 보잘것없어서 믿음을 주지 못했다고 할 수밖에."

소옥이 일어나 사과했습니다.

"내가 이치에 밝지 못해 네 뜻을 미처 헤아리지 못했구나. 처음 성내로 가자는 데 동의하지 않은 건 평소 성안에 무뢰배들이 많아 뜻하지 않게 흉악한 욕을 당할까 염려해서였어. 그래서 의심했는데 지금 네가 나의 어리석음을 멀리하지 않고 다시 가까이해 주었지. 지금부터는 대낮에 하늘로 오른다 해도 따르고, 강을 건너 바다로 들어간대도 따라갈게. '사람으로 일이 이루어진다' 했으니 이 일이 성공한다면 그 뜻이겠지."

부용이 말했습니다.

"모든 일은 마음으로 정하는 것이 최선이고 말만으로 정하는 건 부족해. 두 사람이 다투다가 하루 종일 결정하지 못했다는 건

일이 순리에 맞지 않는단 거야. 한 집안의 일을 주인이 알지 못하는데 종들이 몰래 논의하는 것은 마음이 충성스럽지 못하다는 거고. 낮에 다투던 일에서 밤이 반도 지나지 않아 물러난 것은 사람이 믿을 만하지 못하다는 거지. 맑은 가을 옥 같은 시내가 어떤 곳을 가더라도 없지 않을 텐데 반드시 성안에 있는 사당으로 가려는 건 옳지 않은 듯해. 비해당 앞은 물이 맑고 바위가 깨끗해 해마다 이곳에서 빨래를 했는데 이제 바꾸려는 것도 마땅치 않아. 한 가지 일에 다섯 가지 잘못이 있으니 나는 너희의 말을 따를 수 없어."

보련이 말했습니다.

"말이란 몸을 꾸미는 도구야. 삼가고 삼가지 않음에 따라 경사와 재앙이 이어지지. 이 때문에 군자는 말을 삼가서 입단속 하기를 유리 다루듯 하는 거야.

한나라 때 큰 공을 세웠던 신하 병길과 장상여는 하루 종일 말을 하지 않아도 이루지 못한 일이 없었고, 어떤 하급 관리는 수다스러워서 말을 잘하니 황제가 그의 벼슬을 높이려 했지만 장석지가 그 잘못을 아뢰었지.

내가 보건대 자란의 말은 숨기는 것이 있는데 드러내지 않고, 소옥의 말은 억지로 따르려 애쓰고, 부용의 말은 꾸미는 데만 힘을 쓰니 모두 내 뜻에 맞지 않아. 이번 나들이에 나는 참여하지 않겠어."

금련이 말했습니다.

"오늘 밤 토론은 끝내 하나의 결론에 이르지 못했으니 내가 점을 쳐 볼게."

즉시《희경》을 펼치고 점을 친 후 말했습니다.

"내일 운영은 틀림없이 사내를 만나게 될 거야. 운영의 용모와 행동거지가 인간 세상의 사람이 아닌 듯해 대군의 마음이 기운 지 이미 오래되었지만, 운영이 필사적으로 거절한 것은 다른 뜻이 아니라 차마 부인의 은혜를 저버리지 못했기 때문이지. 대군의 권위와 명령이 비록 엄하나 운영의 몸이 상할까 두려워 함부로 가까이하지 않으셨어.

지금 이렇게 적막한 곳에 숨겨져 있다가 저 번화한 곳으로 가고자 하니, 놀기 좋아하고 호방한 소년들이 운영의 고운 모습을 본다면 분명 그 가운데 넋을 잃고 미칠 사람이 있을 거야. 비록 서로 가까이할 수 없더라도 손가락으로 가리키고 눈짓을 보내는 것 또한 치욕스러운 일이지.

저번에 대군이 '궁녀가 궁문을 나가거나 궁 밖 사람이 궁녀의 이름을 알게 되면 모두 사형에 처한다'고 명하셨으니, 이번 나들이에 나는 참여하지 않겠어."

자란은 일이 성공하지 못했음을 알고 근심스러운 얼굴과 불편한 태도로 인사하고 돌아가려 했습니다. 비경이 울며 비단 허리띠를 잡고 억지로 머물게 하고는 앵무잔에 운유주를 따라 권하자 좌우가 모두 마셨습니다.

금련이 말했습니다.

"오늘 저녁 모임은 애써 침착하게 끝났는데, 비경은 왜 우는 거니?"

비경이 대답했습니다.

"처음 남궁에 있었을 때 운영과 깊이 사귀며 죽을 때와 살 때, 가장 기쁠 때와 가장 욕될 때 함께하기로 약속했어. 이제 거처하는 곳은 다르지만 어찌 잊을 수 있겠어? 저번에 대군께 문안드릴 때 당 앞에서 운영을 보니 가는 허리가 더 마르고 안색은 초췌하고 목소리는 실처럼 가늘어 마치 말을 못하는 것 같더구나. 일어나서 절할 때 힘이 없어 땅에 넘어지기에 내가 부축해 일으켜 주었어.

좋은 말로 위로하니 운영이 '불행히도 병이 생겨 조만간 죽을 것 같아. 내 보잘것없는 목숨은 죽어도 아까울 게 없지만 아홉 사람의 문장과 재주가 나날이 발전해 훗날 아름다운 시들이 세상을 들썩일 텐데 나는 분명 보지 못할 테니 슬픔을 참을 수 없구나' 하고 답했지. 그 말이 너무 처절해 눈물이 났어. 지금에야 생각해 보니 그 병은 그리움에서 생겨난 거였어.

아! 자란은 운영의 친구야. 죽음이 드리운 사람을 하늘에 기원하는 제단으로 데려가려는 거지. 오늘의 계획이 이루어지지 않는다면 운영은 죽어도 저승에서 눈을 감지 못할 거야. 원한이 남궁 사람들에게 돌아올 텐데 그것을 피할 수 있을까? 《서경》에 '선한 일을 하면 백 가지 복을 내려 주고 악한 일을 하면 백 가지 재앙을 내려 준다' 했는데 지금 이 논의는 선한 일이야, 악한 일이야? 소옥은 이미 허락했고 세 사람의 뜻이 따르는데 어찌 도중에 그만둘 수 있겠어? 설혹 일이 새어 나가도 운영이 혼자 그 죄를 입을 텐데 다른 사람이 무슨 관계가 있겠어?"

소옥이 말했습니다.

"나는 두 번 말하지 않아. 당연히 운영을 위해 죽을래."

자란이 말했습니다.

"따르는 사람이 반, 따르지 않는 사람이 반이니 일을 함께하지 못하겠다."

그러고는 일어나 가려다가 돌아와 앉아 다시 그 뜻을 살피니, 따르고자 해도 두말하기를 부끄럽게 여기는 것임을 알았습니다.

자란이 말했습니다.

"천하의 일에는 규범에 맞게 처리하는 정도正道와 사정에 따라 처리하는 권도權道가 있는데 권도로 적절함을 얻으면 이 또한 정도야. 어찌 융통하는 권도 없이 했던 말을 지키려고만 하는 거니?"

좌우의 사람들이 일시에 그 말에 따르니 자란이 말했습니다.

"내가 변론을 잘하는 것이 아니라 남을 위해 정성으로 일을 도모하느라 그럴 수밖에 없었다."

비경이 말했습니다.

"옛날에 소진이 여섯 나라를 동맹하게 했는데 지금 자란이 다섯 사람을 순순히 따르게 했으니 말 잘하는 변사라 할 만하군."

자란이 말했습니다.

“소진은 여섯 나라의 재상임을 표시한 도장을 차게 되었다던데, 오늘 너희 다섯 사람은 어떤 물건을 줄 거야?”

금련이 말했습니다.

“동맹은 여섯 나라에 이익이 되었지만, 오늘 밤 네 뜻에 따르는 건 다섯 사람에게 무슨 이익이 되는데?”

서로 마주하며 크게 웃었습니다.

자란이 말했습니다.

“남궁 사람들이 모두 선한 일을 해서 죽어 가는 운영의 목숨을 다시 이어 주니 어찌 감사하지 않겠어?”

일어나 두 번 절하니 소옥 또한 일어나 절했습니다.

자란은 다섯 사람의 뜻이 변치 않게 하려고,

“오늘 밤 일은 다섯 사람이 동의했어. 위로는 하늘이 있고 아래로는 땅이 있으며 등잔의 촛불이 환히 비추고 귀신이 지켜보고 있으니 내일 다른 뜻을 두지는 않겠지?”

하고는 일어나 절하고 나갔습니다. 다섯 사람이 모두 궁문 밖에서 배웅했습니다.

자란은 돌아와 저에게 말해 주었습니다. 저는 벽을 붙들고 일어나 두 번 절하고 감사하며 말했습니다.

“나를 낳은 이는 부모고 나를 살리는 이는 너구나. 땅속에 들어가기 전 맹세코 이 은혜를 꼭 갚을 거야.”

궁궐 담장
위로

쌓이는
기쁨

앉은 채 아침을 기다렸다가 들어가 대군께 문안한 후 물러 나와 중당에 모였습니다.

소옥이 말했습니다.

"하늘은 맑고 물은 차가우니 바로 빨래하러 나들이 갈 시기야. 오늘은 소격서 골짜기에 장막을 치는 게 좋겠어."

여덟 사람 모두 다른 말이 없었습니다.

저는 서궁으로 물러가 흰 비단에 마음속 가득한 슬픔과 원망을 썼습니다. 그것을 품고 일부러 자란과 함께 뒤떨어진 다음 말채찍을 잡은 아이종에게 말했습니다.

"동문 밖 무녀가 가장 영험하다고 하니 그 집에 가서 내 병을 물어보아야겠구나."

아이종은 그 말대로 했습니다. 저는 그 집에 이르러 좋은 말로 애걸했지요.

"오늘 온 것은 오직 김 진사를 한 번 보고 싶어서일 뿐입니다. 어서 심부름꾼을 보내 알려 준다면 평생토록 은혜를 갚겠어요."

무녀가 그 말대로 사람을 보내니 김 진사는 엎어질 듯 넘어질 듯 이르렀습니다. 우리 두 사람은 서로 보고서도 말 한 마디 하지 못하고 눈물만 흘릴 따름이었습니다.

저는 편지를 주며,

"저녁을 틈타 반드시 돌아올 테니 낭군께서는 여기서 기다려 주세요."

하고는 즉시 말을 타고 떠났습니다. 김 진사는 편지를 뜯어보았지요. 내용은 이러했습니다.

> 지난번 무산의 선녀가 편지를 한 통 전해 주었는데 맑은 음성이 편지에 가득했습니다. 받들어 세 번 반복해서 읽으니 슬픔과 기쁨이 극도로 교차해 마음을 가라앉힐 수 없었습니다. 즉시 답장을 하고 싶었지만 전할 방법이 없었습니다. 또 일이 새어 나갈까 두려워 목이 늘어져라 바라만 보았습니다. 날아가고 싶었으나 날개가 없으니 창자가 끊어지고 혼이 사라질 것만 같았습니다. 그저 죽을 날만 기다리다 죽기 전에 이 편지에 기대어 평생 간직해 온 생각을 전부 털어놓으려 합니다. 낭군께서 마음으로 들어 주시길 간절히 바랍니다.
>
> 저는 남쪽 지방 사람입니다. 부모님께서는 자식들 가운데 저를 특별히 사랑하셔서 밖에서 제 마음대로 놀도록 두셨습니다. 그래서 수풀

이나 시냇가, 매화나무, 대나무, 귤나무, 유자나무 그늘에서 매일 즐겁게 놀기를 일삼았습니다. 이끼 낀 물가에서 물고기 잡는 아이들, 나무하고 가축을 기르며 피리 불고 노는 아이들이 아침저녁으로 눈에 선합니다. 그 밖에 산과 들의 풍경, 농가의 흥취는 일일이 말하기 어려울 정도입니다.

부모님께서는 처음에 《삼강행실도》와 《칠언당음》을 가르쳐 주셨습니다. 열세 살에 주군께서 부르시자 부모님, 형제들과 이별하게 되었지요. 궁중에 들어와서는 그립고 돌아가고 싶은 마음을 억누를 수 없었습니다. 그래서 흐트러진 머리와 때 묻은 얼굴, 지저분한 옷차림을 하고서 보는 사람들이 더럽게 여기길 바랐지만 주군 부인께서 오히려 더욱 사랑해 주시고 주군 또한 보통의 궁녀로 대하지 않으셨습니다. 궁중 사람들도 친형제처럼 사랑해 주지 않은 이가 없었습니다. 자못 의리를 알고 음률을 환히 깨닫자 나이 든 궁녀들도 존경하고 탄복했습니다.

서궁으로 옮긴 뒤에는 거문고와 서예에 전념해 재주가 더 깊어졌습니다. 대체로 손님들이 지은 시는 눈에 들어오는 게 하나도 없었습니다. 재능은 얻기 어려운 것이니 어찌 그렇지 않겠습니까. 남자의 몸으로 태어나 당대에 이름을 날릴 수 있는 것도 아니고, 공연히 여자의 몸으로 태어나 불행한 신세가 되어 깊은 궁중에서 세월을 허비하고 있을 뿐이었습니다.

이 때문에 한이 마음 깊이 맺히고 원망이 가슴속에 박혔습니다. 수를 놓다 등불에 태우기도 하고 비단을 다 짜면 북을 베틀 아래 던졌습니다. 비단 휘장을 찢어버리고 옥비녀를 부러뜨리기도 했습니다. 잠깐 취해 흥이 나면 신발을 벗고 산책하며 계단의 꽃들을 꺾고 뜰의 풀들을 뽑아버렸으니, 바보인 듯 미치광이인 듯 마음을 스스로 가누지 못했습니다.

작년 가을밤 낭군의 모습을 한 번 보고 천상의 신선이 인간 세상에 귀양을 왔다고 생각했습니다. 저의 용모는 아홉 사람보다 훨씬 못한데 어떠한 전생의 인연이 있기에 붓끝의 한 점 먹물이 가슴속 한이 맺힐 빌미가 되었을까요?

구슬을 꿰어 만든 발 사이로 바라보며 섬길 인연을 생각했고 꿈속에서 보게 되면 잊지 못할 정을 이어 가려 했습니다. 이부자리 속 기쁨은 한 번도 없을지라도 옥처럼 아름다운 얼굴이 황홀하게 눈앞에 어른거렸습니다. 배꽃에서 두견새 우는 소리와 오동나무에 밤비 내리는 소리가 애처로워 차마 들을 수 없었습니다. 비단 창에 반딧불 그림자가 번지는데, 외로운 등잔불을 벗 삼은 제 그림자는 차마 볼 수 없었습니다.

때론 병풍에 기대앉아, 때로는 난간에 기대서서 가슴을 두드리고 발을 구르며 홀로 하늘에 호소했습니다. 낭군께서도 저를 생각하실지 알지 못하니 낭군을 만나기 전에 이 몸이 먼저 죽을까 두려웠습니다. 그리되면 천지가 다해도 이 한은 사라지지 않을 것입니다.

오늘 빨래하는 나들이에 두 궁의 궁녀들이 다 모여서 이곳에 오래

머무를 수 없습니다. 눈물이 먹물과 섞이고 넋이 비단 편지에 맺혔으니 낭군께서 한번 보아 주시길 엎드려 바랍니다.

또 서툰 글귀로 삼가 이전의 은혜에 답하고자 합니다. 아름답지는 않으나 영원히 사랑하는 마음을 담았습니다. 하나는 가을을 슬퍼하는 산문시이고 다른 하나는 그리움을 담은 시입니다.

이날 저녁이 될 때쯤 자란과 저는 먼저 나와 동문으로 향했는데 소옥이 미소 지으며 절구 하나를 지어 주었어요. 저를 놀리는 뜻이었지요. 저는 속으로 부끄러웠지만 참고 그것을 받았는데, 그 시는 이러했습니다.

태을사 앞에 한 줄기 시냇물 굽이도니
하늘 제단 위 구름 사라지고 아홉 겹 문이 열리네
가는 허리가 미친바람 이기지 못해
잠시 숲으로 피하더니 날 저물어 돌아오네

비경이 즉시 그 시의 운자를 따서 시를 지었고 금련과 보련도 서로 이어 시를 지었는데 역시 모두 저를 놀리는 뜻이었어요.

저는 말을 타고 앞서가서 무녀 집에 도착했습니다. 그런데 무녀는 화가 난 듯 벽을 향해 앉아 얼굴빛을 풀지 않더군요. 진사는 비단 편지로 얼굴을 덮은 채 하루 종일 울다가 넋이 나가 오히려 제가 온지도 몰랐지요. 저는 왼손에 끼고 있던 운남의 옥빛 금반지를 빼서 진사의 품속에 넣으며 말했습니다.

"낭군께서 저를 하찮게 여기지 않으시고 귀한 몸을 굽혀 누추한 곳에 오셔서 기다리셨군요. 제가 비록 어리석지만 목석은 아니니 감히 죽기를 각오하고 허락하지 않을 수 있겠습니까. 제가 만약 이 말을 지키지 않는다면 이 금반지를 증표로 삼으세요."

갈 길이 바빠 일어나 작별하려 하니 눈물이 비처럼 쏟아졌습니다. 제가 진사의 귀에 대고 말했지요.

"저는 서궁에 있습니다. 낭군께서 깊은 밤을 틈타 서쪽 담장을 넘어 들어오시면 삼생三生에 다하지 못한 인연을 이룰 수 있을 거예요."

말을 마치고 급히 옷을 떨치며 나갔습니다. 먼저 궁문으로 들어오니 여덟 궁녀가 이어서 도착했어요. 밤은 이미 이경*이 넘었는데 소옥과 비경이 함께 촛불을 밝히고 앞장서 서궁에 와서 말했습니다.

"낮에 지었던 시는 생각 없이 나온 것이야. 그런데 시에 희롱하는 말이 있었으니, 밤이 깊었지만 사과하려고 왔어."

자란이 말했습니다.

"다섯 사람의 시는 다 남궁에서 나왔지. 하나의 궁이 나누어진

* 이경 밤9시~11시

후로 자못 앙금이 생겨 당나라 시절 우승유와 이종민*의 당쟁 같으니 어쩌다 이렇게 되었을까?

그래도 여자 마음은 똑같아. 오랫동안 외진 궁에 갇혀 늘 하나뿐인 그림자에 마음 아파하지. 마주하는 건 등불이고, 하는 일이란 현악기를 연주하거나 노래하는 것뿐. 온갖 꽃이 화려하게 피어나고 제비 한 쌍이 함께 날며 즐거워할 때 복 없는 우리들은 모두 깊은 궁에 갇혀 만물에 봄이 깃드는 것을 보기만 하니 마음이 어떻겠어?

조운모우의 신녀는 초나라 왕의 꿈에 자주 나타났고, 서왕모는 종종 신선 세계의 연못에서 열린 연회에 참석해 주나라 왕과 술을 마셨지. 여자의 마음은 차이가 없는데 어찌 유독 남궁 사람들은 불사약을 훔쳐 남편을 떠났던 항아처럼 괴롭게 정절을 지키고 홀로 지내며 옛일을 후회하지 않는 거야?"

비경과 소옥이 함께 흐르는 눈물을 그치지 못하며,

"한 사람의 마음이 곧 천만 사람의 마음이지. 지금 깊은 가르침을 받으니 서러운 슬픔이 구름처럼 솟아나는구나."

하고는 일어나 인사를 하고 갔습니다. 저는 자란에게 말했어요.

"오늘 밤 나는 낭군과 굳게 약속했어. 만약 오늘 오시지 않으면 내일은 꼭 담장을 넘어오실 거야. 오시면 어떻게 대접하지?"

* 우승유와 이종민 당나라 관리들. 각각 붕당을 만들어 서로 공격했다.

자란이 말했지요.

"비단 장막을 겹겹이 두르고 비단 자리를 화려하게 깔았어. 술이 강처럼 있고 고기가 언덕처럼 쌓여 있단다. 낭군께서 오지 않을 수는 있으나 오시면 대접하는 데 무슨 어려움이 있겠니?"

그날 밤 과연 진사께서는 오시지 않았어요. 장소를 몰래 살폈는데 담장이 너무 높아 몸에 날개가 없으면 넘을 수 없을 듯했던 것이지요. 집으로 돌아가서는 답답한 마음에 얼굴에 근심하는 빛을 띠니, 진사의 노비 중 평소 계략이 많아 재주가 있다고 일컬어지는 특이란 자가 진사의 안색을 보고 다가와 무릎을 꿇고 말했답니다.

"진사 나리, 필시 세상에 오래 계시지 못하시겠습니다."

그러고는 뜰에 엎드려 울었습니다. 진사가 사정을 다 말하자 특이 말했습니다.

"왜 빨리 말씀하시지 않았습니까. 제가 마땅한 방법을 찾아보겠습니다."

특이 즉시 사다리를 만들었는데 아주 가볍고 접었다 펼 수도 있었어요. 접으면 병풍을 붙여 놓은 듯하고 펼치면 오 척* 정도 길이였으며 손으로 들고 옮길 수 있었습니다. 특은 이렇게 가르쳐 주었습니다.

"이 사다리를 가지고 궁 담장을 오르시고, 접은 다음 안쪽으로

* 척　길이의 단위. 1척은 약 30.3cm다.

다시 펼쳐 내리십시오. 올 때도 그렇게 하시면 됩니다."

진사가 특에게 뜰에서 시범을 보이게 하니 과연 그의 말과 같았습니다. 진사가 매우 기뻐하며 그날 밤에 가려고 하자 특이 또 품속에서 털 달린 개가죽 버선을 꺼내 주었어요.

"이게 없으면 가기 어려우실 겁니다."

진사가 신고 걸어 보니 날아다니는 새처럼 걸음걸이가 가볍고 발이 땅에 닫는 소리가 나지 않았어요.

진사는 특이 알려 준 방법을 써서 안팎의 담장들을 넘고 대나무 숲에 엎드렸습니다. 그날 밤은 달빛이 대낮과 같고 궁중이 적막했지요. 잠시 후 어떤 사람이 안에서 나와 산보를 하며 작게 읊조렸습니다. 진사는 대나무를 헤치고 머리를 내밀며 말했어요.

"어떤 이가 여기 왔소."

그 사람이 웃으며 대답했어요.

"낭군님, 나오세요. 낭군님, 나오세요."

진사가 빠르게 걸어 나와서 인사를 했지요.

"나이가 어려 풍류의 흥을 이기지 못해 만 번 죽을 것을 무릅쓰고 감히 여기 왔소. 바라건대 낭자께서는 나를 어여삐, 가엾게, 애처롭게, 불쌍히 여겨 주시기를 간절히 바라오."

자란이 말했습니다.

"진사께서 오시길 큰 가뭄에 비가 올 징조를 기다리듯 고대했습니다. 이제 다행히 뵙게 되니 저희는 죽다 다시 살았습니다. 낭

군께서는 의심하지 마십시오."

자란이 진사를 즉시 이끌어 안으로 들어갔어요. 진사는 층계를 거쳐 굽은 난간을 따라 어깨를 움츠리며 들어왔지요.

저는 비단 창문을 열고 옥등에 불을 밝히고 앉아 있었습니다. 동물 문양의 금빛 화로에 울금향을 피우고 유리 책상에 《태평광기》 한 권을 펼치고 있다가, 낭군께서 도착하신 걸 보고는 일어나 인사하고 맞아들였지요. 낭군도 답례를 하시고 손님과 주인의 예로써 동서로 나누어 앉았어요. 자란에게 진수성찬을 차리게 하고는 자하주를 따라 마셨지요. 술을 석 잔 마시자 진사가 취한 척 말했어요.

"시간이 얼마나 되었소."

자란이 그 뜻을 이해하고 휘장을 늘어뜨린 후 문을 닫고 나갔습니다. 저는 등불을 끄고 같이 누웠는데 그 기쁨이야 알 만하시겠지요. 밤이 벌써 밝아 가니 닭들이 새벽을 알렸습니다. 진사는 일어나서 나갔어요. 이후로는 어두울 때 들어와서 새벽에 나가기를 매일같이 했지요. 정이 깊어져 스스로 그칠 줄을 몰랐습니다. 담장 안에 내린 눈 위에 발자국이 남아 궁인들이 모두 그 출입을 알게 되었으니 위태롭지 않을 수가 없었어요.

특의
음모와

안평대군의
의심

하루는 진사께서 갑자기 걱정하셨습니다. 좋은 일이 마침내 재앙의 빌미가 될까 봐 마음속으로 너무 두려워하시고 종일토록 불편해하셨지요. 특이 밖에서 들어와 말했어요.

"제 공이 몹시 큰데 아직 상을 내리지 않으시니 어째서입니까?"

진사가 말했어요.

"마음에 새겨 잊지 않고 있다. 조만간 마땅히 큰 상을 주어야지."

특이 말했어요.

"지금 안색을 뵈니 또 걱정이 있으신 듯한데 무슨 까닭이신지 모르겠습니다."

진사가 말했습니다.

"보지 않았을 때는 몸과 마음에 병이 들고, 보고 나니 죄를 헤아리기 어려운 지경이다. 어찌 걱정이 없겠느냐?"

특이 말했습니다.

"그러면 어찌 몰래 업고 도망가지 않으십니까?"

진사가 옳게 여기고 그날 밤 특의 말을 제게 전했습니다.

"노비 특이 본디 꾀가 많은데 이렇게 알려 주었소. 그 생각이 어떻소?"

제가 말했어요.

"제 부모님의 재산이 많아 궁에 올 때 의복과 재물을 많이 싣고 왔어요. 주군께서 내려 주신 것도 아주 많은데 이 물건들을 버려두고 갈 순 없어요. 옮기려면 말 열 필이 있다 해도 다 실을 수 없을 거예요."

진사가 돌아와 특에게 말하자 특이 몹시 기뻐하며 말했습니다.

"제 친구들 중에 힘센 장사 수십 명이 있습니다. 날마다 사람 위협하기를 일삼지만 다들 감히 맞서지 못하지요. 그러나 저와는 아주 친해서 유일하게 제 말은 따릅니다. 이들에게 운반하라고 하면 하룻밤 안에 태산도 옮길 수 있습니다."

진사가 들어와 제게 말했고, 저도 그렇게 해야겠다고 여겼습니다. 재물을 꺼내고 모아서 하룻밤 새 전부 밖으로 내보냈어요. 특이 말했습니다.

"이렇게 귀중한 재물을 집에 두면 진사 나리 부친께서 반드시 의심하실 테고, 제 집에 두면 이웃 사람들이 의심할 겁니다. 그러니 산속에 구덩이를 파서 깊이 묻고 단단히 지키는 게 좋겠습니다."

진사가 말했습니다.

"만일 혹시라도 잃어버리면 나와 네가 도적의 이름을 면하기 어려우니 잘 지켜야 한다."

특이 말했습니다.

"제 계책이 이렇게 깊고 제 친구가 이렇게 많으니 천하에 어려울 일이 없습니다. 또 제가 큰 칼을 들고 밤낮으로 떠나지 않겠습니다. 제 눈을 도려내 갈 수는 있어도 이 보물은 빼앗을 수 없으며, 제 다리를 벨 순 있어도 이 보물은 가져갈 수 없을 것입니다. 염려하지 마십시오."

사실 특은 이 보물을 가진 후, 저와 진사를 산골짜기로 유인해 진사는 죽여 없애고 저와 재물을 혼자 차지하려는 계획이었지요. 진사가 세상 물정을 모르는 선비라 몰랐던 것입니다.

하루는 대군께서 좋은 글귀를 얻어 전에 지은 비해당에 현판으로 걸고자 하셨습니다. 손님들의 시가 전부 마음에 차지 않자 억지로 김 진사를 불러 잔치를 벌이고 간청하셨어요. 진사는 붓을 한 번 휘둘러 완성했는데 문장에 고칠 데가 없었지요. 산수의 풍경과 비해당의 모습 가운데 표현하지 않은 부분이 없어 비바람을 놀라게 하고 귀신을 울릴 만했습니다. 대군께서 구구절절 칭찬하셨습니다.

"생각도 못했건만, 오늘 초당의 시인 왕자안을 다시 보는구나."

읊조리기를 그치지 않으셨지요. 다만 '담을 넘어 몰래 멋스러운 노래를 훔치네'라는 구절에 이르러 입을 다물고 의심하셨습니다. 진사는 일어나서 인사를 드렸어요.

"취해서 정신을 잃을 듯하니 그만 물러가기를 바라옵니다."

대군께서는 아이종에게 부축해서 예를 갖추어 보내라고 명하셨습니다.

다음 날 밤 진사가 궁에 들어와 제게 말했어요.

"떠나야겠소. 어제 지은 시가 대군께 의심을 받았으니 오늘 밤 떠나지 않으면 화의 빌미가 될까 두렵소."

제가 대답했습니다.

"어제 꿈에 한 사람이 나왔습니다. 생김새가 모질고 사나운데 자신을 묵특선우라고 일컬으며, '이미 했던 약속이 있어 장성 아래서 오랫동안 기다렸소'라고 하더군요. 놀라 깨어 일어났는데 꿈자리가 상서롭지 못하고 너무 이상하니 낭군께서는 이 꿈도 생각해 보세요."

진사가 말했습니다.

"꿈속의 헛된 일을 어찌 믿을 수 있겠소."

제가 말했습니다.

"그가 말한 '장성'은 짐작건대 궁궐 담장이요, '묵특'이라 한 것은 특일 거예요. 낭군께서는 이 노비의 마음을 깊이 아시는지요?"

진사가 말했습니다.

"이놈이 평소 매우 사납고 흉악하긴 해도 전부터 내게는 충성을 다해 왔소. 낭자와 이렇게 좋은 인연을 이룬 것은 모두 이 종의 계책이오. 어찌 처음에 충성을 바치다 나중에 악하게 하겠소?"

제가 말했습니다.

"낭군의 말씀이 이처럼 확고하니 제가 어찌 감히 거절하겠어요? 다만 자란은 정이 형제와 같으니 말하지 않을 수 없겠어요."

즉시 자란을 불렀습니다. 세 사람이 둘러앉자 제가 진사의 계획을 말했지요. 자란은 무척 놀라 손을 치며 꾸짖었습니다.

"서로 사귀어 오래 즐기더니 마침내 스스로 재앙을 재촉하려 하는 거니? 두 달을 사귀었으면 만족할 만하거늘, 담을 넘어 도망간다니 이 어찌 차마 사람이 할 짓이겠어? 대군께서 너에게 마음을 기울이신 지 이미 오래되었으니 이것이 떠날 수 없는 첫째 이유요, 대군 부인께서 지극히 사랑해 주셨으니 떠날 수 없는 둘째 이유요, 화가 부모님께 미칠 테니 떠날 수 없는 셋째 이유요, 죄가 서궁의 결백한 이들에게 이를 테니 떠날 수 없는 넷째 이유야. 또 천지가 하나의 그물인데 하늘로 솟거나 땅속으로 꺼지지 않는다면 어디로 도망가겠으며 만약 잡히면 그 화가 어찌 너의 몸에서 그치겠니?

꿈자리가 좋지 않은 것은 말할 필요도 없다. 좋은 징조였다 한들 너는 어떻게 갈 생각을 했니? 마음을 억누르고 뜻을 굽혀 고요하고 편안히 앉아 하늘의 뜻을 듣는 것만 못할 뿐이야. 네가 나이가 들고 용모가 시들면 대군의 특별한 총애가 점차 풀어지겠지. 그런 식으로 일의 형편을 보아 병들었다 말하고 오래도록 누워 있으면 필시 고향으로 돌아가라고 허락하실 거다. 그때에 이르러 낭군과 손을 잡고 함께 돌아가 그대로 한평생 같이 살며 늙어 가면 즐거움이 무척 클 테지. 이런 생각을 하지 못하고 감히 도리에 어긋나는 계획을 내는구나. 네가 누구를 속이겠어? 하늘을 속이겠어?"

진사는 일이 이루어지지 못할 줄 알고 탄식하며 눈물을 머금고 갔습니다.

하루는 대군께서 서궁 난간에 앉으셨어요. 철쭉이 흐드러지게 피어 있으니 서궁 궁녀들에게 오언절구를 각각 지어 바치라고 명하셨지요. 지은 시를 보고 대군께서 크게 칭찬하며 말씀하셨습니다.

"너희들의 글이 날마다 점점 더 나아지니 내 몹시 기쁘구나. 그런데 오직 운영의 시에만 누군가를 그리워하는 뜻이 분명 있다. 전날 연기를 읊은 시에서는 그 뜻이 어렴풋하게 보였는데 지금 또 이러하니, 네가 따르고자 하는 자가 어떤 사람이냐? 김 진사가 지은 상량문의 글귀가 좀 이상하던데 네가 김 진사와 사사로운 일이 있는 것 아니냐?"

저는 즉시 자리에서 내려가 머리를 조아리고 울면서 말했습니다.

"전에 연기를 읊은 시로 의심을 받았을 때 바로 자결하려 했습니다. 하지만 나이가 스무 살도 안 되었고 부모님을 다시 뵙지 못하고 죽으면 너무나 원통할 듯했습니다. 그렇게 죽어야 할 때 죽지 않고 구차하게 살아 질기게도 여기에 이르렀습니다. 지금 또 의심을 받으니 한 번 죽는 것이 어찌 아깝겠습니까. 천지의 귀신이 삼엄하게 늘어서 있고 궁녀 다섯 사람이 잠시도 떨어지지 않는데 더러운 이름이 유독 제게만 돌아오니 저는 이제 죽어야겠습니다."

비단 수건으로 난간에 스스로 목을 매려 하자 자란이 말했습니다.

"대군께서 이토록 총명하신데 죄 없는 궁녀를 사지로 몰아넣으시는군요. 지금부터 저희는 결단코 붓을 잡지 않겠습니다."

대군께서는 매우 노하셨지만 사실 속으로는 제가 죽는 것을 바라지 않으셨기 때문에 자란에게 저를 구하라 하셔서 저는 죽음에 이르지 않았습니다. 대군은 흰 비단 다섯 단을 꺼내 다섯 궁녀에게 나누어 주시며 말씀하셨습니다.

"지은 시가 무척 아름다우니 이것을 상으로 주노라."

이후로 진사가 다시는 궁궐에 출입하지 못했습니다. 그러자 문을 닫고 병들어 누워 눈물로 이부자리와 베개를 적셨으니 목숨이 실낱같았지요. 특이 와서 보고 말했습니다.

"대장부가 죽으면 죽었지 어찌 그리움으로 원한이 맺히고 여인처럼 자잘하게 상심해서 천금 같은 몸을 스스로 내버리십니까? 계책을 쓰는 건 어렵지 않습니다. 한밤중 사람들이 잠잠할 때 담장을

넘어 들어가 솜으로 입을 막고 업어서 뛰어나오면 누가 뒤쫓아 오겠습니까?"

진사가 말했습니다.

"그 계책 또한 위험하구나. 정성을 다해 의견을 묻는 게 더 낫겠다."

진사가 그날 밤 궁으로 왔는데 저는 병이 들어 일어날 수 없어서 자란을 시켜 맞아들였습니다. 술 석 잔이 오간 뒤에 제가 편지 한 통을 봉해 드리며 말했지요.

"이후 다시는 볼 수 없을 것 같습니다. 삼생의 인연과 백 년의 약속은 오늘 밤으로 끝입니다. 하늘이 정한 인연이 끊어지지 않는다면 마땅히 저승에서 서로 찾을 수 있겠지요."

진사가 편지를 안고 우두커니 서서 말없이 바라보다 가슴을 치고 눈물을 흘리며 나갔습니다. 자란은 애처로운 마음에 차마 보지 못하고 기둥에 기대 몸을 숨기고 눈물을 줄줄 흘리며 서 있었어요. 진사가 집으로 돌아가 편지를 뜯어보니 내용은 이러했습니다.

> 운명이 사나운 운영이 김 진사께 두 번 절하고 아뢰옵니다.
>
> 제가 보잘것없는 자질로 불행히 낭군의 마음을 얻어 서로 그리워한 것이 며칠이며 서로 바라보기만 한 것이 몇 번입니까? 다행히 하룻밤 기쁨을 이루었으나 바다같이 깊은 정은 다하지 못했습니다. 인간 세상의 좋은 일엔 조물주의 시기가 많군요. 궁인들이 알게 되고 주

군께서 의심하셔서 재앙이 코앞에 닥쳐오고 죽음만이 남아 있을 뿐 입니다.

엎드려 바라건대 낭군께서는 이별 후 천한 저를 가슴속에 두어 마음 상하지 마시고 학업에 더욱 힘써 과거 시험에 급제하소서. 벼슬길에 올라 후세에 이름을 떨치고 부모님을 세상에 드러내소서. 저의 옷과 재물은 모두 팔아 부처님께 공양하고 지극한 정성으로 기원해서 삼생의 연분이 다음 생에 이어지게 해 주시기를 바랍니다.

진사가 다 보지 못한 채 기운이 막혀 땅에 쓰러졌다가 집안사람들이 급히 구해 다시 살아났습니다. 특이 밖에서 들어와 말했습니다.

"궁에서 무슨 말로 답했기에 진사께서 이토록 죽고자 하십니까."

진사는 다른 말 없이 이렇게 말했습니다.

"재물은 네가 잘 지키고 있어라. 내가 장차 모두 팔아 부처님께 정성으로 바치고 오랜 약속을 실천하려 한다."

특이 집으로 돌아가 생각했습니다.

"궁 안의 사람이 나오지 못한다면 그 재물은 하늘이 내게 주신 것이다."

벽을 보고 몰래 웃었으나 다른 사람들은 알지 못했지요.

하루는 특이 스스로 자기 옷을 찢고 자기 코를 때려서 그 피를

온몸에 칠하고 머리를 헝클어뜨린 채 맨발로 뛰어 들어와 뜰에 엎어져 울며 말했습니다.

"제가 강도에게 당했습니다."

그러고는 다시 말을 못하니 기절한 사람 같았습니다. 진사는 특이 죽으면 재물 묻은 곳을 알지 못하겠다는 생각에 직접 약을 먹였습니다. 살리려고 온갖 방법으로 치료하고 술과 고기를 주었어요. 특이 십여 일 만에 일어나 말했습니다.

"혼자 산속에서 재물을 지키고 있는데 강도들이 갑자기 들이닥쳤습니다. 잔혹하게 죽일 기세여서 재물을 버리고 도망쳐 실낱같은 목숨을 겨우 건졌습니다. 이 재물이 아니었다면 제게 어찌 이런 재앙이 있었겠습니까? 타고난 명이 이렇게 험하니 어찌 속히 죽지 않겠습니까?"

그러더니 발로 땅을 구르고 손으로 가슴을 치며 통곡했습니다. 진사는 부모님이 알까 두려워 좋은 말로 위로해서 보냈습니다.

서궁
궁녀들의

마지막
진술

시간이 흘러, 진사가 특이 한 짓을 알게 되었습니다. 친한 사람 몇 명과 종 십여 명을 거느리고 특의 집을 포위했지요. 그러나 겨우 금비녀 한 짝과 거울 하나를 손에 넣었을 뿐입니다. 이것을 증거로 관아에 고발해 죄를 따지고 싶었지만 일이 새어 나갈까 두려워 하지 못했어요. 한편 재물을 잃어버린다면 부처님께 공양을 드릴 수 없으니, 마음으로는 특을 죽이고 싶었으나 힘으로 제압할 수 없어 묵묵히 입을 다물고 말하지 못하고 있었습니다.

특은 자기 죄를 알기에 궁궐 담장 밖 맹인에게 물었습니다.

"내가 전에 새벽에 이 궁 담장 밖을 지나는데 어떤 사람이 궁 안에서 서쪽 담장을 넘어 나오더라고요. 도적인 줄 알고 크게 소리를 지르며 쫓아갔더니 그 사람이 갖고 있던 물건을 버리고 달아났어요. 나는 그걸 가지고 돌아가 보관해 두고 본래 주인이 찾아가길 기다렸지요.

그런데 내 주인은 원래 염치가 없어서 내가 물건을 얻었다는 말을 듣고 몸소 와서 뒤지더군요. '다른 재물은 없고 단지 비녀와 거울, 두 가지만 얻었다'고 하자 주인이 직접 들어가서 찾더니 두 물건을 손에 넣었어요. 그 욕심이 끝이 없어 이제는 나를 죽이려 하니 도망가려고 합니다. 도망가는 것이 길하겠어요?"

맹인이 말했습니다.

"길합니다."

이웃 사람이 옆에 있다가 그 말을 듣고 특에게 말했습니다.

"네 주인은 어떤 사람이기에 종을 이처럼 학대하느냐?"

특이 말했습니다.

"우리 주인은 나이가 어린데 글을 잘 지어서 아마 조만간 급제할 겁니다. 그러나 이렇게 탐욕스러우니 훗날 벼슬에 오르면 어떨지 그 마음 씀씀이를 알 만하지요."

이 말이 퍼져 궁에 전해지니 궁인들이 대군께 아뢰었습니다. 대군께선 크게 노해 남궁 사람들에게 서궁을 수색하게 했습니다. 제 의복과 보물이 하나도 없자 대군께서 서궁 궁녀 다섯 사람을 뜰로 잡아 오게 했지요. 형벌 기구를 빈틈없이 갖추어 눈앞에 벌인 다음 명령을 내렸습니다.

"이 다섯 사람을 죽여 다른 사람들의 경계로 삼아라."

또 몽둥이를 잡은 자들에게 명했습니다.

"매의 숫자를 세지 말고 죽을 때까지 쳐라."

다섯 사람이 말했습니다.

"한 마디만 하고 죽기를 바랍니다."

대군이 말했습니다.

"무슨 말이냐?"

은섬의 진술은 이러했습니다.

남녀의 정욕은 음양으로부터 받은 것이니 귀하든 천하든 사람이라면 모두 가지고 있습니다. 한번 깊은 궁에 갇혀 홀로 지내니 꽃을 보아도 눈물이 나고 달을 대하면 넋이 나갑니다. 매화 열매를 꾀꼬리에게 던져 쌍쌍이 날지 못하게 하고 비단 발을 쳐서 제비 암수가 대들보에 둥지를 짓지 못하게 했습니다. 다른 이유가 아니라 부러워하는 뜻과 시샘하는 마음을 이길 수 없어서입니다.

한번 궁궐 담장을 넘으면 인간 세상의 즐거움을 알 수 있지만 그렇게 하지 않았습니다. 어찌 그럴 힘이 없어서거나 그러고 싶은 마음이 없어서겠습니까. 오직 주군의 위엄이 두려워 마음을 단단히 다스리며 말라 죽어 갈 뿐입니다. 이제 죄 없이 죽을 곳에 놓이니 저희는 죽어 저세상에 가도 눈을 감지 못할 것입니다.

비취의 진술은 이러했습니다.

주군께서 사랑해 주신 은혜는 산보다 높고 바다보다 깊습니다. 저희들은 오직 문장과 글씨, 음악에 몰두했을 뿐인데 이제 씻을 수 없는 누명이 유독 서궁 사람들에게만 미치니 사는 것이 죽는 것만 못합니다. 다만 빨리 죽기를 바라옵니다.

옥녀의 진술은 이러했습니다.

제가 일찍이 서궁의 영광을 함께했는데, 서궁의 재앙을 홀로 피하겠습니까. 곤륜산에 불이 나서 옥과 돌 가릴 것 없이 모두 불탔다지만, 오늘의 죽음은 마땅하다고 여기겠습니다.

자란의 진술은 이러했습니다.

오늘 일은 죄가 헤아리지 못할 지경이니 마음에 품은 생각을 어찌 차마 숨기겠습니까. 저희는 모두 민가의 천한 여자입니다. 아버지가 순임금이 아니고 어머니는 순임금의 두 왕비가 아니니 남녀의 정욕이 어찌 없겠습니까. 목왕은 천자이나 늘 신선 세계의 연못에서 서왕모와 즐긴 일을 그리워했고, 항우는 영웅이나 장막 안에서 여인과 이별하며 눈물을 참지 못했습니다. 주군께서는 어찌 운영에게만 남녀의 사랑을 누리지 못하게 하십니까.

김 진사는 빼어난 사람인데 그를 궁 안으로 끌어들인 건 대군이십니다. 운영에게 벼루 시중을 들게 한 것도 대군의 명령이었습니다. 운영은 깊은 궁에 갇혀 원망을 품은 여인이라, 한번 잘생긴 남자를 보자 상심하고 실성해 병이 깊이 들었습니다. 불로장생약이나 편작의 의술로도 효험을 보기 어려워졌습니다. 운영이 하룻밤 새 아침 이슬처럼 갑자기 사라진다면 대군께서 측은한 마음을 가지실지라도 무슨 이로움이 있겠습니까.

제 어리석은 생각으로는, 운영이 김 진사를 한번 보게 해서 두 사람의 맺힌 원한을 풀어 주신다면 주군의 적선積善이 이보다 클 수 없겠습니다.

이전에 운영이 절개를 더럽힌 죄는 저한테 있지 운영에게 있지 않습니다. 저의 이 말은 위로 주군을 속이지 않고 아래로 동료를 배반하지 않으니, 오늘 죽더라도 영예로울 것입니다. 운영은 죄가 없지만 만약 제가 대신할 수 있다면 주군께서 제 몸으로 운영의 목숨을 대신해 주시길 엎드려 바라옵니다.

저의 진술은 이러했습니다.

주군의 은혜는 산과 같고 바다와 같습니다. 정절을 굳게 지키지 못했으니 그 죄가 하나요, 전에 지은 시로 주군께 의심을 받았는데 끝내 바른대로 아뢰지 않았으니 그 죄가 둘이요, 서궁의 죄 없는 이들이 저로 인해 같이 죄를 받으니 그 죄가 셋입니다. 이 세 가지 큰 죄를 지고 살아간들 무슨 면목이 있겠습니까. 만약 죽이길 늦추신다면 저는 마땅히 자결하겠습니다.

대군께서 진술서 보기를 마치고 자란의 진술서를 다시 펼쳐 오래 보시고는 노여움이 조금 가라앉으신 듯했어요. 소옥이 무릎을 꿇고 울며 아뢰었습니다.

"전에 빨래하러 나들이할 때 성안에서 하지 말자고 한 것은 저의 주장이었습니다. 자란이 밤에 남궁에 와서 너무 간절히 청하기에 그 마음을 가엾게 여겨 여러 의견을 물리치고 자란을 따랐지요. 운영이 절개를 훼손한 죄는 이 몸에 있지 운영에게 있지 않습니다. 엎드려 빌건대 주군께서는 이 몸으로 운영의 목숨을 대신해 주십시오."

대군은 화가 점점 풀어져 저를 별궁에 가두고 나머지 궁녀들은 모두 풀어 주었어요. 이날 밤 저는 비단 수건으로 스스로 목을 매어 죽었지요.

진사는 붓을 잡아 기록하고 운영은 옛일을 돌이키며 이야기하는데 아주 자세해서 빠짐이 없었다. 두 사람은 마주하고 슬픔을 누르지 못했다.

운영이 진사에게 말했다.

"이 다음은 낭군께서 말씀하시지요."

진사가 말했다.

자결한

운영을
따라서

운영이 자결한 날 온 궁인이 통곡하고 애통해하며 형제자매를 잃은 듯했습니다. 곡소리가 궁문 밖까지 들렸고 저 역시 그것을 듣고 오래 기절해 있었습니다. 집안사람들이 한편으로는 저의 장례를 준비하고 한편으로는 다시 살려 내려고 치료했는데, 해 질 무렵이 되어서야 되살아났지요.

정신을 차리고 일은 이미 끝났다 생각했습니다. 부처님께 공양하겠다는 약속을 지켜 구천의 혼을 위로하기를 바랄 뿐이었습니다. 금비녀와 거울, 종이와 붓, 먹과 벼루를 모두 팔아 쌀 사십 석을 얻었습니다. 청녕사에 올라가 불공을 드리려 했는데 믿고 심부름 시킬 만한 사람이 없어 특을 불러 말했습니다.

"너의 지난 죄를 모두 용서해 주겠다. 이제부터 나를 위해 충성을 다하겠느냐?"

특이 엎드려 울면서 대답했습니다.

"제가 비록 어리석고 미련하지만 그래도 목석은 아닙니다. 이 몸이 지은 죄는 머리털을 뽑아 세어도 다 세지 못할 것입니다. 이제 죄를 용서해 주시면 말라 죽은 나무에서 잎이 나고 해골에서 살이 돋는 격이니, 감히 진사 나리를 위해 목숨을 다하지 않을 수 있겠습니까?"

"운영을 위해 제사를 지내고 불공을 드려 소원을 빌고자 하는데 믿고 맡길 사람이 없구나. 네가 갈 수 있겠느냐?"

"삼가 명을 받들겠습니다."

특이 즉시 절로 올라가 사흘 동안 볼기짝을 두드리며 누워 있다가 승려를 불러 말했습니다.

"쌀 사십 석을 어찌 다 불공드리는 데 쓰겠는가. 술과 음식을 가득 준비하고 속세 손님들을 많이 초대해서 먹이는 게 좋겠수다."

그 뒤 특은 절에 들른 어떤 마을 여자를 강제로 겁탈했습니다. 승려들이 생활하는 방에서 묵은 지 수십 일이 지났는데도 제사를 베풀 뜻이 없어 절의 승려들이 성을 냈지요. 마침내 제사 지내는 날이 되자 승려들이 말했습니다.

"불공을 드리는 일에는 시주하는 분이 중요합니다. 시주하는 사람이 이렇게 불결하면 일이 매우 좋지 못합니다. 맑은 시냇물에 목욕해서 몸을 깨끗하게 한 다음 제를 지내는 것이 좋습니다."

특이 마지못해 나갔습니다. 물로 잠깐 씻고 부처님 앞에 무릎 꿇고 빌었습니다.

'진사는 오늘 속히 죽게 하고 운영은 내일 다시 살아나 저의 배필이 되게 해 주십시오.'

사흘 밤낮으로 기원하는 말은 오직 이것뿐이었습니다. 특이 돌아와 말했습니다.

"운영 각시는 반드시 살아날 길을 얻을 것입니다. 제사를 지내던 날 밤 제 꿈에 나타나 말하기를, '지극한 정성으로 불공을 드려주니 감격하지 않을 수 없습니다'라며 절하고 울었습니다. 절의 승려들 꿈에서도 모두 그러했답니다."

저는 그 말을 믿고 실성할 정도로 통곡했습니다.

때는 마침 회화나무가 누렇게 익는 철이었습니다. 과거를 보러 갈 마음이 없었지만 공부를 한다는 핑계로 청녕사에 올라갔습니다. 며칠 머무르다 특의 일을 자세히 듣게 되었지요. 분을 이기지 못했으나 어찌할 수 없었습니다. 목욕으로 몸을 깨끗이 하고 부처님 앞에 나아가 두 번 절하고 세 번 머리를 조아린 뒤, 향을 올리고 합장하며 빌었습니다.

"운영이 죽을 때 한 말이 몹시 슬퍼 차마 저버릴 수 없었습니다. 노비 특에게 정성스럽고 경건하게 제사를 올리게 해서 신령과 부처의 도움을 얻기를 바랐습니다. 그런데 이제 특이 기원한 말을 들으니 도리에 어긋나고 흉악해 운영의 마지막 소원이 모두 헛된 곳으로 돌아간 듯합니다. 이에 감히 다시 기원합니다.

엎드려 바라건대 세존께서는 운영이 환생할 수 있게 하옵시고 저의 배필이 될 수 있게 해 주옵시고 다음 생에는 이 원통함에서 벗어나게 해 주시옵소서. 노비 특을 죽여 쇠칼을 씌우고 지옥에 가두어 주옵소서. 세존께서 진실로 이와 같이 해 주신다면 운영은 비구니가 되어 열 손가락을 태우고 십이 층 금탑을 만들 것이고, 소자는 승려가 되어 다섯 가지 계율을 견디고 큰 사찰을 세 개 지어 은혜에 보답하겠습니다."

기도를 마치고 일어나 백번 절하고 머리를 조아리며 나왔습니다. 이레 후 특은 구덩이에 빠져 죽었습니다. 그 뒤 저는 세상일에 뜻이 없어 목욕재계하고 새 옷을 입은 다음 조용한 방에 누웠습니다. 나흘 동안 먹지 않다가 길게 한 번 탄식하고 마침내 일어나지 못했습니다.

유영이

속세를
버리다

김 진사는 쓰기를 마친 후 붓을 내려놓고 운영과 서로 마주하며 슬피 울기를 그치지 않았다. 유영이 위로하며 말했다.

"두 사람이 다시 만났으니 소원이 이루어졌고 원수인 종도 이미 없애 분도 씻겼는데 어찌 슬퍼하기를 그치지 않습니까. 인간 세상에 다시 나가지 못한 것이 한스러워서입니까?"

김 진사가 울기를 그치고 감사하며 말했다.

"우리 두 사람은 모두 원한을 품고 죽었습니다. 저승에서 죄 없음을 가련히 여겨 인간 세상에 다시 태어나게 하려 했지요. 그러나 지하의 즐거움이 인간 세상 못지않은데, 하물며 천상의 즐거움은 어떻겠습니까. 이 때문에 인간 세상에 태어나기를 원치 않았습니다.

다만 오늘 밤 마음이 쓰라린 것은 대군이 몰락해 궁에 주인이 없고 새들은 슬피 울고 사람들의 발자취가 이르지 않기 때문입니다. 너무 안타깝습니다.

게다가 새로 전쟁을 겪은 후라 화려했던 집들은 재가 되고 색 입힌 담장도 무너져, 오로지 섬돌의 꽃과 뜰의 풀만이 무성합니다. 봄빛은 옛날과 다름이 없는데 사람의 일이 이같이 변했습니다. 다시 옛날을 추억하니 어찌 슬프지 않겠습니까?"

유영이 말했다.

"그렇다면 그대들은 모두 천상의 사람입니까?"

김 진사가 말하기를,

"우리 두 사람은 본래 천상의 신선입니다. 오래도록 옥황상제를 곁에서 모셨는데, 하루는 상제께서 태청궁에 납시어 저에게 하늘 정원의 과일을 따라고 명하셨습니다. 저는 반도와 경실, 금련자를 많이 따서 사사로이 운영에게 주다가 발각되었습니다. 인간 세계로 유배되어 사람의 고통을 두루 겪었지요. 지금은 옥황상제께서 옛날의 허물을 용서하시고 삼청궁에 오르게 하셔서 다시 상제를 곁에서 모시고 있습니다. 때때로 회오리바람 수레를 타고 인간 세상으로 가서 전에 놀던 곳을 찾을 뿐입니다."

하더니 눈물을 뿌리며 유영의 손을 잡고 말했다.

"바다가 마르고 돌이 문드러져도 이 마음은 없어지지 않을 것이며 천지가 다해도 이 한은 사라지기 어려울 것입니다. 오늘 저녁 그대와 만나 이 간절하고 답답한 마음을 털어놓으니, 전생의 인연이 있지 않고서야 어찌 가능하겠습니까. 엎드려 바라건대 선생께서는 이 글을 거두어 썩지 않고 전해지게 해 주십시오. 행여 경박

한 이들의 입에 터무니없이 전해져 희롱거리가 되지 않게 해 주십시오.”

진사가 취해서 운영의 몸에 기대어 절구 한 수를 읊었다.

꽃 떨어진 궁중에 제비 날아드니
봄빛은 옛날과 같건만 주인은 없구나
한밤중 달빛 서늘하니
이슬이 가벼이 푸른 신선의 옷 적시네

운영이 이어서 읊었다.

옛 궁의 꽃과 버들은 새 봄빛 띠었고
천 년의 호화 자주 꿈에 보이네
오늘 저녁 옛 자취를 찾아 노니
눈물방울 절로 수건 적심을 멈추지 못하네

유영이 또 취기를 타 잠시 잠이 들었다. 조금 있다 산새 소리에 깨어 보니 구름 같은 안개가 땅에 가득하고 새벽빛이 어슴푸레했다. 사방을 돌아보는데 사람은 없고 단지 김 진사가 기록한 책이 있을 뿐이었다.

유영은 서글퍼져 맥없이 소매에 책을 넣고 돌아와 상자에 감추

었다. 때때로 열어 보고 망연자실해서 먹지도 않고 잠도 자지 않았다. 후에 명산을 두루 다녔는데 그 후로 어찌 되었는지 끝을 알 수 없다.

《운영전》을 읽는 즐거움

송동철 해설

인간이 이야기의 매력을 발견한 후 아주 오랫동안 사람들은 엇갈린 연인들의 사연에 매혹되어 왔습니다. 16세기에 윌리엄 셰익스피어가 쓴 희곡 〈로미오와 줄리엣〉이 대표적입니다. 수없이 많은 연극과 음악, 영화와 발레로 재탄생되며 오늘날까지 변함없는 사랑을 받고 있어요. 20세기로 눈을 돌려 보면《위대한 개츠비》가 있습니다. 가난했던 시절의 옛 연인을 되찾으려 모든 것을 쏟아붓다가 몰락하는 남자의 이야기입니다. 이 소설은 레오나르도 디카프리오 주연의 영화로도 만들어졌지요. 이루지 못한 사랑 이야기에 마음을 빼앗기는 건, 어쩌면 누구나 마음 깊은 곳에 엇갈린 사랑의 기억을 하나쯤 묻어 둔 채 살고 있기 때문인지도 몰라요.

《운영전》 역시 불행한 연인들의 이야기입니다. 이 독특한 고전소설은 저마다의 이유로 세계와 어긋나버린 인간들의 슬픔을 새로운 시선으로 담아냅니다. 찬찬히 음미해야만 그 매력이 드러나는 비밀스러운 작품이기도 하지요. 그럼, 슬프고도 아름다운《운영전》의 세계로 함께 떠나 볼까요.

여성의 눈에 비친 세계

《운영전》 이전까지 고전소설 속의 여성은 '보이는' 존재였습니다. 대개 남성 주인공의 눈에 비친 세상의 일부였지요. 예를 들어 첫 만남은 이런 식이었습니다. 남자 주인공이 어느 날 아름다운 외모의 여성을 보고 한눈에 반합니다. 담장 너머로 엿보던 그는 고백할 마음을 먹지요. 문제는 다음입니다. 우아하게 시를 지어 보내는 〈이생규장전〉 같은 작품도 있지만, 폭력적인 행동을 하는 작품도 드물지 않거든요. 예를 들어《주생전》의 주인공은 몰래 여성의 방에 숨어듭니다. 충격적이지요?

이상하게도 여성들은 이들의 '고백'을 거절하지 않습니다. 일방적인 구애 방식은 전혀 문제가 되지 않아요. 처음에 조금 저항하는 것 같다가도 금방 마음을 열어 보입니다. 방에 침입한 낯선 남자의 사랑 고백을 마치 기다렸다는 듯 승낙하는 일이 어떻게 가능했을까요? 저라면 무서워서 소리도 지르지 못하고 얼어붙을 것 같은데 말이에요.

보는 편과 보이는 편이 나뉠 때, 힘을 가진 쪽은 보는 편입니다. 동물원을 떠올려 보세요. 보이는 쪽은 무력합니다. 타인의 시선에

무방비로 노출되는 대상이지요. 반면 보는 쪽은 권력을 갖습니다. 대상을 내키는 대로 관찰하고 평가할 수 있어요. 상황에 따라 자신을 나타내거나 감출 수 있습니다. 실제로 제국주의 시대 유럽인들은 인간 동물원을 만들어 다른 대륙 사람들을 전시하곤 했습니다. 진화한 유인원이 지구를 지배하는 영화 〈혹성탈출〉에서도 고릴라들이 철창에 인간을 가두고 구경하는 장면이 나오지요.

시선에는 권력이 깃들어 있습니다. 고전소설에서 여성이 보이는 존재였다는 건 권력이 남성에게 있음을 뜻합니다. 여성은 사랑을 '받는' 존재를 넘어서지 못했어요. 사랑 고백을 선뜻 받아들이는 모습은 사실 거절을 그저 '밀당'이라 믿고 싶었던 남성들의 욕망이 빚어낸 환상이었던 것입니다.

《운영전》은 고전소설의 이런 '남성향' 관습에서 벗어나 여성의 시선으로 본 세계를 그린 작품입니다. 이 소설에서 권력은 여성 주인공인 '운영'에게 있습니다. 유영과 김 진사의 시점으로 이루어지는 서술은 10분의 1도 되지 않아요. 특히 주요 사건인 운영과 김 진사의 연애담은 전부 운영의 시점에서 서술됩니다. 운영이 벽에 구멍을 뚫고 김 진사를 엿보는 대목은 '시선의 역전'을 보여 주는 상징적인 장면이지요.

역전이 가져온 결정적인 변화는 여성의 내면을 드러낸다는 겁니다. 이것은 사건이에요. 고전소설 속 여성은 다정한 연인이나 현명한 아내와 같이 '남성의 욕망에 응답하는 존재'에 가까웠으니까요. 〈이생규장전〉의 '최랑'처럼 주도적인 역할을 맡기도 했지만 자신의 내면을 직접 말하지는 못했습니다. 반면 운영은 자기 목소리로 스스로의 생각과 감정을 분명하게 이야기합니다.

변화는 수성궁과 궁녀들을 그려 내는 방식에서도 감지됩니다. 여성의 공간은 보통 '아름다운 향기가 감도는 비밀스러운 방'과 같은 식으로 묘사되곤 했어요. 일상생활을 하는 장소가 남성의 시선으로 신비화되는 것이지요. 그런데 《운영전》은 수성궁을 생생한 삶의 터전으로 묘사합니다. 궁녀들의 외모를 구체적으로 설명하는 대신 각 인물의 말과 행동을 드러내는 데 초점을 맞춥니다. 상당한 분량을 들여 미묘한 긴장 관계에 있던 궁녀들이 운영의 연애를 계기로 자매애를 형성해 나가는 과정을 보여 줍니다. 여성의 공간과 사회를 여성의 시선으로 그렸기에 가능한 일입니다.

운영과 김 진사의 엇갈린 사랑, 그 속의 또 다른 비극들

《운영전》은 비극적인 이야기입니다. 이 소설의 비극성이 단순히 운영과 김 진사의 엇갈린 사랑에서만 비롯된 것은 아니에요. 작품의 세계관, 그러니까 작가가 세계를 바라보는 관점 자체에 비극성이 담겨 있다고 할 수 있습니다. 주요 인물 가운데 행복한 결말을 맞이하는 사람이 아무도 없다는 사실에서 이를 짐작할 수 있습니다. 지금부터는 소설 속 인물들이 자아내는 비극을 중심으로 《운영전》을 음미해 볼게요.

자유가 허락되지 않는 운명

운영의 비극은 김 진사를 만나기 전부터 시작되었습니다. 부모님의 사랑 속에서 자유롭게 자란 운영은 궁녀의 삶에 답답함을 느낍니다. 궁을 벗어나려고 일부러 '흐트러진 머리와 때 묻은 얼굴, 지저분한 옷차림'을 꾸며 낼 정도로요. 궁중 사람들과 가까이 지내며 학문과 예술을 익히는 등 차츰 현실을 받아들이는 듯했지만, 그동안 갈고닦은 재능이 운영을 다시 절망으로 밀어 넣습니다.

> 대체로 손님들이 지은 시는 눈에 들어오는 게 하나도 없었습니다. 재능은 얻기 어려운 것이니 어찌 그렇지 않겠습니까. 남자의 몸으로 태어나 당대에 이름을 날릴 수 있는 것도 아니고, 공연히 여자의 몸으로 태어나 불행한 신세가 되어 깊은 궁중에서 세월을 허비하고 있을 뿐이었습니다.

김 진사에게 보낸 이 편지에는 뛰어난 재주를 갖고도 뜻을 펼칠 수 없는 운영의 좌절이 나타나 있습니다. 운영이 수성궁 밖을 꿈꾸게 된 건 필연에 가깝습니다. 적어도 우연히 '손가락에 잘못 떨어진 먹물 한 방울'의 탓만은 아니었어요.

첫 만남 이후 줄곧 서로를 그리워하던 운영과 김 진사는 무녀의 집에서 다시 만납니다. 수성궁 담장을 위태롭게 넘나들며 사랑을 나눈 기간은 두 달 남짓이에요. 이들의 관계는 눈 위에 남은 발자국, 결정적으로는 김 진사가 지은 시 구절이 안평대군의 의심을 사면서 마침내 한계에 다다릅니다. 김 진사가 노비 특과 의논해 떠날 계획을 세워 둔 건 이런 위기를 인식했기 때문입니다.

두 사람 앞에 놓인 선택지는 셋입니다. 하나는 김 진사의 생각대로 당장 떠나는 것입니다. 아니면 탈출을 잠시 보류한 채 다른 기회를 찾거나, 자란의 제안대로 운영이 나이를 먹어 미모가 시들 때까지 기다렸다가 고향으로 돌아가 재회하는 방법이 있습니다. 이들은 두 번째 길을 택했고, 그 결과는 우리가 알고 있듯 죽음이었습니다. 그런데 혹시 다른 선택을 했다면 어땠을까요.

첫 번째를 선택했다면 어떻게 되었을지는 소설 속 운영의 말을 통해 가늠할 수 있습니다. 특이 꾸며 둔 계획에 걸려들어 김 진사는 죽임을 당하고 운영은 특에게 끌려갔겠지요. 자란의 말대로 기다렸다면 어땠을까요? 그럴듯해 보이는 방법이지만, 유영은 물론 당대의 독자들도 이 선택 역시 파국임을 어렵지 않게 짐작했을 겁니다. 이후 안평대군이 형인 수양대군과의 권력 투쟁에서 패해 비참한 최후를 맞이하고 수성궁의 식솔들이 노비가 되어 뿔뿔이 흩어진 일은 잘 알려진 사건이었으니까요. 운영도 그러한 운명을 피할 수 없었겠지요.

결국 이들 앞에 놓인 듯 보였던 세 가지 선택지는 모두 파멸에 이르는 길이었던 셈입니다. 두 사람은 불행을 피하고자 최선을 다하지만, 그들의 노력은 아무 의미도 없었습니다. 운영과 김 진사의 정해진 운명, 이것이《운영전》의 또 다른 비극입니다.

권력 위에 쌓은 화려한 이상

세 번째 비극은 안평대군의 몫입니다. 운영과 김 진사는 인간 세상에 다시 태어나기를 거절할 정도로 천상의 즐거움을 누리지만, 한편으로는 옛일을 잊지 못하고 수성궁에 내려와 슬퍼합니다. 그 이유를 묻는 유영에게 김 진사는 안평대군과 수성궁의 몰락 때문이라고 답하지요. 사랑의 방해자였던 안평대군을 미워하기는커녕 안타까워하고 있는 것입니다.

안평대군은 실존 인물입니다. 세종대왕의 셋째 아들로, 태평성대를 누리던 당대 조선 문화계의 중심이었습니다.《운영전》에서 그는 재능에 남녀가 없음을 강조하며 몸소 궁녀들을 교육하고 학문과 예술을 사랑하는 이상주의자로 그려집니다. '시는 마음에서 우러나오는 것이기에 가리거나 숨길 수 없다'며 인간의 자유로운 본성을 옹호하는 낭만적인 인물이기도 하지요.

동시에 그는 가부장적인 권력자입니다. '궁문을 나가는 것은 물론 궁 밖의 사람들이 궁녀의 이름을 알게 되기만 해도 죽음으로 다스리겠다'는 명령에서 알 수 있습니다. 물론 당시로서는 특별할 것 없는 상식이었어요. 궁녀는 왕의 허락이 없으면 죽기 전까지 궁문 밖으로 나갈 수 없는 것이 당시의 법도였으니까요.

수성궁은 안평대군이 왕족의 권력으로 쌓아 올린 이상향입니다. 천하의 재능 있는 선비들이 모여 학문과 예술을 토론하고, 비천한 신분인 궁녀들마저도 남다른 학식을 갖춘 수성궁은 언뜻 안평대군의 포부가 실현된 공간으로 보입니다. 그러나 모래 위에 세워진 환상의 궁전이었지요. 그의 이상은 인간의 자유로운 본성이 발현되는 세상인데, 권력의 바탕인 신분제는 인간 본성을 억압하는 제도니까요.

둘 사이에는 메울 수 없는 균열이 있어요. 균열의 징조는 궁녀들에게서 나타납니다. 아홉 궁녀가 자신들의 처지를 깨닫고 자유를 갈망하는 운영의 마음을 지지하게 된 것입니다. 안평대군의 뜻에 따라 글과 시를 배운 결과입니다. 이는 신분제의 불합리함을 인식했다는 의미이고 나아가 안평대군이 지닌 권력의 정당성에 의문을 품었다는 뜻이기도 해요. 균열은 운영과 김 진사의 사랑이 깊어 갈수록 선명해집니다. 안평대군이 여러 차례 운영을 추궁하면서도 번번이 상황을 얼버무리는 건 그러한 모순을 어렴풋이나마 느꼈기 때문일 겁니다.

안평대군이 운영을 마음에 두고 있기에 이 상황은 더욱 그를 괴

롭습니다. 연인 간의 사랑은 대등한 존재들의 자유로운 선택 위에서만 가능하지요. 어느 한쪽이 상대를 거절할 자유가 없다면 사랑이라는 관계는 성립되지 않아요. 궁녀들의 생사를 결정하는 위치에 있는 한, 그는 어디까지나 운영의 주인일 뿐 연인이 될 수는 없습니다. 안평대군 역시 자신의 이상과 권력, 그리고 욕망이 뒤엉킨 모순 속에서 허우적대는 존재에 불과합니다.

운영과 김 진사가 그의 몰락을 슬퍼한 것은 안평대군 또한 비극의 당사자임을 이해했기 때문일 거예요. 신분제는 세 사람 모두를 가로막은 공통의 절망이었으니까요.

비극은 시간을 가로질러 유영에게로 이어집니다. 임진왜란 직후의 인물인 유영과 안평대군 사이에는 150년가량의 적지 않은 세월이 놓여 있지만 유영은 '안평대군 시절의 일'에 유독 관심을 보이는데요. 두 사람의 이야기를 듣고 난 후 그는 맥없이 돌아와 먹지도 않고 잠도 자지 않다가 자취를 감추고 말아요.

유영은 불우한 선비입니다. 옷차림과 용모 때문에 다른 이들의 비웃음을 살까 봐 수성궁에 가기를 주저하는 모습에서 그의 처지를 읽을 수 있지요. 현실에서 제 뜻을 펴지 못하던 유영에게 재능 있는 이들이 마음껏 날아오를 수 있었던 안평대군 시절은 일종의 이상 사회였을 거예요. 수성궁은 그 시절을 상징하는 장소였을 테고요. 이런 생각은 좌절을 거듭하고 있던 유영에게 하나의 위안이자 자기 처지를 합리화하는 방편이기도 했을 겁니다.

유영이 망연자실한 것은 그 때문입니다. 안평대군 시절의 수성궁 역시 이상 사회가 아니었고, 모순으로 조금씩 균열되어 가던 곳임을 알게 되었으니까요. 유영으로서는 알고 싶지 않은 진실이었겠지요. 이로써 그가 기대어 있던 환상 또한 무너져 내리고 맙니다.

운영과 김 진사, 그리고 안평대군은 서로 닮아 있습니다. 빼어난 능력을 지녔지만 현실에서는 실패하는 인물들이에요. 불가능한 것을 욕망했기 때문입니다. 이들은 자신의 부족함이 아닌 탁월함으로 인해 파멸로 미끄러져 갑니다. 특별한 재능이 없었다면 애초에 안평대군이 운영을 가려 뽑아 가르치지도, 김 진사를 궁으로 부르는 일도 없었을 테니까요. 수성궁의 이상 역시 존재하지 않았을 거고요. 세 사람의 패배가 슬프되 비참하지 않고, 안타깝지만 찬란한 것은 그래서입니다.

'진정한 발견은 새로운 풍경이 아니라 새로운 눈에서 나온다'는 말이 있습니다. 저는《운영전》이야말로 이 말에 딱 들어맞는 작품이라고 생각해요. 불행한 연인들의 사연은 앞서 말한 것처럼 무수히 반복되어 온 소재입니다. 안평대군과 수양대군의 갈등 역시 조선 사람들에게 무척 익숙한 사건이었고요. 그런데도《운영전》이 새로운 건 시선의 힘입니다. 여성의 내면이라는 세계를 발견해 낸 것도, 수성궁의 폐허에서 찬란한 패배의 서사를 이끌어 낸 것도 모두 새로운 눈으로 보았기 때문입니다.

저의 눈으로 본《운영전》에 관한 이야기는 여기까지입니다. 진정한 발견을 찾아《운영전》의 세계로 떠나는 여러분의 눈빛을 상상하며 글을 마칠게요.